נייע היימען

NOVOS LARES

ADOLFO KISCHINHEVSKY

NOVOS LARES

CONTOS, RETRATOS E CENAS DA VIDA DOS JUDEUS NO BRASIL

Tradução do iídiche
Nachman Falbel & **Sara Morelenbaum**

EDITORA DE CULTURA

Direitos desta edição reservados à
EDITORA DE CULTURA LTDA.
Rua José de Magalhães, 28
04026-090 – São Paulo – SP
Fone: (11) 5549-3660
Fax: (11) 5549-9233
sac@editoradecultura.com.br
www.editoradecultura.com.br

*Nenhuma parte deste livro poderá
ser reproduzida, armazenada ou
transmitida sob qualquer forma
ou através de qualquer meio sem
prévia autorização por escrito da Editora.*

Primeira edição: Maio de 2008
Impressão: 5ª   4ª   3ª   2ª   1ª
Ano: 12   11   10   09   08

Dados Internacionais de Catalogação na Publicação (CIP)
(Elaboração: Aglaé de Lima CRB-9/412)

K 66n
Kischinhevsky, Adolfo. 1890-1936
Novos lares: contos e cenas da vida dos judeus no Brasil/ Adolfo Kischinhevsky; tradução de Nachman Falbel, Sara Morelenbaum. São Paulo: Editora de Cultura, 2008
(Coleção Brasil Memória)
104 p. : 16 x 23 cm

Tradução do iídiche
Título original: *Neie Heimen.*
ISBN : 978-85-293-0122-8

1. Literatura judaica - Contos. 2. Contos judaicos. 3. Narrativas judaicas. 4. Vida dos judeus no Brasil. I. Título. II. Falbel, Nachman, trad. III. Morelenbaum, Sara, trad.

CDD-21 . ed. 809.889234

Índices para catálogo sistemático:
Literatura judaica : Contos   809.88924
Vida dos judeus : Brasil   909.04924
Narrativas judaicas   809.889244

SUMÁRIO

Nota da Editora   9

Prefácio   11
UM PIONEIRO DA LITERATURA JUDAICA NO BRASIL
por Moacyr Scliar

Apresentação   13
O MASCATE ADOLFO
por Nachman Falbel

1. Esquecimento   19
2. Isso ele não lhe disse   26
3. O Gringo   32
4. Lá num lugarejo escondido   39
5. Casa Paris   44
6. A alternativa   48
7. O pequeno mascate   54
8. Nachman   59
9. Caridade   68
10. Uma máquina diferente   72
11. Falsa acusação   77
12. Eles vivem em paz   86
13. Moral   90

Post-scriptum   97

Apêndice   99

Nota da Editora

Nesta tradução, a primeira dos contos-reportagens de Adolfo Kischinhevsky, que permaneceram mais de sete décadas imersos no esquecimento, optamos por apresentar *em itálico* as palavras em português usadas pelo autor, de modo a deixar claro para o leitor como a língua do país operava na construção de seu texto.

Convém dizer que a recuperação do primeiro livro escrito em iídiche no Brasil não é "folclórica", mas um ato de profundo interesse cultural. Primeiro, porque Kischinhevsky revela com extrema sensibilidade momentos inaugurais do encontro de representantes da comunidade judaica com a pátria de adoção – daí a inclusão deste título em nossa Coleção Brasil Memória. Depois, porque seu valor literário é inegável. Enfim, porque vale a pena chamar a atenção para o iídiche – um idioma em risco de extinção – e colaborar, mesmo que modestamente, para sua divulgação e preservação, pois a morte de uma língua, por poucos falantes que tenha, é um empobrecimento da humanidade.

O iídiche, rememoremos, produziu um Prêmio Nobel de Literatura – o fabuloso Isaac Bashevis Singer (1902-1991) –, que tanto nos permite conhecer a vida das comunidades judaicas da Europa Central antes do advento da Segunda Guerra Mundial como aspectos de sua presença nos Estados Unidos, para onde o escritor emigrou.

É auspicioso publicar um livro com tantos pontos de interesse como este. Agradecemos ao jornalista Radamés Vieira, pela indicação editorial, e ao professor Nachman Falbel, cuja dedicação à história e à memória judaico-brasileira garantiu a preservação do original.

MIRIAN PAGLIA COSTA
Editora de Cultura

Prefácio

UM PIONEIRO DA LITERATURA JUDAICA NO BRASIL

A presença judaica no Brasil data da época da chegada de Cabral. Os primeiros judeus aqui vieram na qualidade de cristãos-novos; buscavam oportunidades e também tentavam escapar às garras da Inquisição, que perseguia sem tréguas os chamados "judaizantes".

No Brasil, muitos desses cristãos-novos destacaram-se, na qualidade de médicos, de comerciantes e também de literatos. Era judeu Bento Teixeira (1561?-1618?), considerado por muitos historiadores o primeiro poeta do Brasil, que viveu na Bahia e em Pernambuco, onde trabalhou como professor, e foi autor de um longo poema chamado *Prosopopéia*. Denunciado à Inquisição como judeu, foi preso e levado para Lisboa, onde morreu. O primeiro grande dramaturgo brasileiro, Antonio José (1705-1739), conhecido como "o Judeu", era "gente da nação", segundo a expressão da época, e também foi preso pela Inquisição, sendo queimado na fogueira em Lisboa.

Com as determinações pombalinas, igualando perante a lei cristãos-novos e cristãos-velhos na segunda metade do século XVIII, os primeiros praticamente desapareceram. Seguiram-se outros movimentos migratórios, como os de judeus do Marrocos para a região amazônica e de alsacianos para o Sudeste; mas o grande afluxo de judeus – e não só para o Brasil, para as Américas – ocorreria no final do século XIX e começo do século XX, quando milhões deixaram o império czarista, onde eram perseguidos e assassinados nos *pogroms*, e vieram para países como Estados Unidos, Canadá, Argentina, Brasil. Nesses últimos dois, a Jewish Colonization Association, entidade filantrópica criada pelo Barão Hirsch (1831-1896), financiou um projeto de colonização agrícola. De maneira geral, porém, os judeus dirigiram-se para as cidades: Nova York, Buenos Aires, São Paulo, Rio de Janeiro.

Era gente pobre, simples, que procurava o sustento em profissões artesanais – alfaiates, marceneiros, sapateiros –, no pequeno comércio ou então na venda a prestação, precursora do moderno crediário. Surge a figura típica do *clientelchik*, que ia de porta em porta nos bairros mais humildes, oferecendo sua mercadoria e cobrando as prestações. A vida era dura, mas as comunidades mantinham-se unidas, preservando a tradição judaica e falando o iídiche, esse pitoresco dialeto composto de palavras em hebraico, alemão antigo e línguas eslavas.

Apesar das carências, ou por causa delas, não foram poucos os que se dedicaram a atividades intelectuais e culturais; muitos foram jornalistas e escritores, expressando-se em iídiche. Um exemplo importante é o de Adolfo Kischinhevsky, cujo trabalho é agora, felizmente, divulgado, e cuja trajetória foi estudada pelo professor Nachman Falbel, infatigável pesquisador da vida judaica no Brasil.

O presente volume reúne a parte conhecida de sua obra literária (muita coisa deve ter-se perdido), composta de contos. O mais importante é a experiência do *clientelchik*, que Kischinhevsky exerceu e que retrata com sensibilidade e maestria. O que temos aqui é o lado desconhecido de uma ocupação que, necessária na época, era encarada com menosprezo e, não raro, com preconceito.

O primeiro conto nos fala de um vendedor chamado Isidoro, que, revirando os seus cartões (os famosos cartões de clientes em que os *clientelchiks* anotavam as prestações pagas), reflete com amargura sobre uma existência que considera desperdiçada – até que avista uma linda moça, e essa moça, tendo como pano de fundo a paisagem carioca, faz com que ele recupere o entusiasmo pela vida. Uma cena emblemática, portanto, e que fala muito do sofrimento, dos sonhos e das aspirações dos judeus recém-chegados ao Brasil. E é uma história que todos precisamos conhecer.

MOACYR SCLIAR
da Academia Brasileira de Letras

Apresentação

O MASCATE ADOLFO

O nome de Adolfo Kischinhevsky era na verdade Yudel. Ele nasceu em Tiraspol, na Rússia, em 3 de dezembro de 1890 [1]. Filho de uma família com certas posses, pôde estudar em Kischinev, um centro mais desenvolvido e com uma população judaica mais numerosa, onde existia uma *yeshivá* que ele freqüentou, sob a orientação do rabino Perelmuter. Em 1905, ingressou no movimento operário judaico, passando a militar nas fileiras do *Bund*. Emigrou em 1909 para a Argentina e passou a trabalhar na profissão de relojoeiro, ao mesmo tempo que começou a participar como redator e colaborador em alguns jornais locais, escrevendo crônicas satíricas e contos. Entre essas publicações periódicas, estavam o *Der Tog* ("O Dia"), o *Idische Tzeitung* ("Jornal Israelita") e o periódico socialista *Avangard* ("Vanguarda"). Lamentavelmente, não conseguimos obter os escritos correspondentes a esse período, publicados sob os pseudônimos de *Melancolik* e *Ish Yehudi*.

Em 1918, ele chegaria ao Brasil, fixando residência na cidade do Rio de Janeiro e atuando em Nilópolis, onde chegou a presidir o Centro Israelita local e tomou parte em todas as iniciativas comunitárias [2]. Quando, em 15 de novembro de 1923, foi criado o jornal *Dos Idische Vochenblat* ("Semanário Israelita"), no Rio de Janeiro, fez parte do grupo de fundadores [3], participando ativamente em sua redação e colaborando sob o pseudônimo de A. Ch. Halevi. Por ocasião de seu afastamento do periódico, pensou em criar um órgão literário, o que de fato aconteceu em 1927, com o título de *Di Neie Velt* ("O Novo Mundo"), saindo o primeiro número em 1º de março daquele ano [4]. Em 25 de julho, anunciava-se que, a partir dessa data, em vez de ser mensal, passaria a ser quinzenal. Porém, a publicação não durou muito, pois o último número sairia em dezembro do mesmo ano. Uma segunda tentativa jornalística de Kischinhevsky foi feita com o jornal *Unzer Leben* ("Nossa Vida"), com duração ainda menor que o anterior. Ambas as publicações se enquadram nas muitas tentativas feitas na história da imprensa judaica no Brasil, que fracassaram por falta de respaldo financeiro, estrutura administrativa e apoio público, dependendo apenas da iniciativa e da boa vontade de seus fundadores e de um mecenas ocasional.

A obra literária de Kischinhevsky, além do que publicou nos periódicos argentinos e nos é desconhecido, resume-se ao que apareceu nos jornais judaicos do Brasil e foi reunido na coletânea de contos intitulada *Neie Heimen*, que é objeto de nosso trabalho. Na verdade, a temática central de *Novos Lares* gira ao redor do *clientelchilk*, apoiada numa visão crítica da sociedade, que vai espelhar a personalidade de seu autor numa forma de expressão próxima ao autobiográfico. O nosso autor exerceu a atividade de ambulante, deixando sua antiga profissão de relojoeiro, e acumulou vivências que se refletem nos tipos humanos, bem como na captação de sentimentos e situações que são narrados em seus contos.

O *Neie Heimen* saiu a lume em 1932 (Editora Yung Brazil, Nilópolis-Niterói), porém, os contos que compõem o livro já haviam sido publicados em 1927, em sua quase totalidade, nos periódicos *Di Neie Velt* e *Unzer Leben* [5], e de fato foi a primeira obra em iídiche a ser publicada em nosso país, estando seu autor inteiramente consciente do papel que desempenhava na vida cultural judaico-brasileira. No epílogo do livro, sob o título de *Post-Scriptum*, ele escreverá: "A mim, resta um consolo: eu encetei o difícil e responsável começo, do mesmo modo como o fiz na área da imprensa" [6]. Kischinhevsky morreria de infecção generalizada em 30 de janeiro de 1936, com apenas 46 anos.

As poucas fontes que temos para o conhecimento da vida desse pioneiro da literatura judaica na América do Sul não se referem à sua obra, fazendo exceção Izaac Z. Razman, que, no seu *Idische scheferischkeit in lender fun portugalishen loschen* ("Criatividade judaica nos países de língua portuguesa"), fez algumas poucas referências ao conteúdo de *Neie Heimen* [7]. O escritor de língua iídiche Meier Kucinski tratou da obra de Kischinhevsky em pinceladas amplas, ainda que sugestivas, sob o olhar da crítica literária, em dois artigos.

No primeiro, publicado no *Argentiner YWO Schriftn* ("Estudos do IWO da Argentina"), sob o título *"Dos literarische schafn fun idn in Brazil"* ("A produção literária dos judeus no Brasil") [8], escreve que a obra de K. "é uma modesta contribuição do mascate judeu à literatura". Um pouco antes, ele nos dissera que "a atmosfera literária que emana do livro é íntima, familiar e dolorosa". Também Kucinski vê na morte prematura de K. a perda de um escritor que, quem sabe, teria dado à literatura judaica o protótipo do judeu local como criação literária de um personagem com vida própria.

O segundo artigo foi publicado na coletânea literária em língua iídiche *Unzer Beitrog* ("Nossa contribuição") sob o título *"Soziale dinamichkeit un literarische statischkeit"* ("Dinamismo social e estagnação literária")[9], no qual o renomado escritor analisa as temáticas presentes nas obras de alguns autores que escreveram em iídiche no Brasil, a começar de K., até o seu tempo, isto é, a década de 1950.

O *peddler* [mascate] aparece em vários autores e, segundo Kucinski, há uma clara tendência para encará-lo como vítima e "fenômeno econômico", acompanhado sempre de uma apologética da "pedlereiada", que chega a escamotear o momento social, o cinismo materialista, a exploração, a impiedade e a auto-afirmação perante os colegas de profissão quanto à qualidade de seus clientes. Ainda que o olhar crítico de Kucinski não veja que através do fio que perpassa a temática da *"pedlerai"* chega-se a atingir o momento moral da auto-condenação, assim como ocorre no consagrado escritor Opatoshu, não resta a menor dúvida de que a leitura da obra de Kischinhevsky revela, com toda a potência e ardor, esse momento – com as nuances e sutilezas psicológicas que somente um bom escritor pode oferecer aos seus leitores. O destino encarregou-se de truncar o talento que já se manifestara neste seu primeiro livro e poderia chegar a um nível de desenvolvimento difícil de prognosticar, mas que se mostrava latente em sua pena.

Uma segunda temática presente na desconhecida, ainda que exígua, literatura iídiche entre nós, e para a qual Kucinski chamou a devida atenção no estudo mencionado, é a que podemos denominar de "contraste entre passado e presente" e se manifesta essencialmente pelo permanente conflito entre a vida plena de santidade do *shtetl*, a típica aldeia predominantemente judaica do Leste Europeu, e o cinza do "agora" e do "aqui" no novo continente. Esta se insinua levemente na obra de Kischinhevsky, mas não chega a tomar inteiramente corpo e espaço nas suas narrativas. Sob esse aspecto, destaca-se um elemento mais definido, que é o desarraigamento angustiante vivenciado por alguns de seus personagens, que, em parte, os leva a sucumbir, literalmente, no novo *habitat*, no qual não se adaptam, e em outros leva a canalizar energias para o enriquecimento pessoal e o bem-estar material.

Por outro lado, não podemos deixar de considerar que o drama pessoal de alguns imigrantes, em sua gênese, ainda se localizará nos lugares de onde saíram, seja qual for a causa que os motivou – e não faltaram causas para tanto, fossem elas de ordem econômico-social, fossem de caráter psicológico-pessoal –, no continente europeu, onde se encontravam significativas populações judaicas, e em particular nos territórios que outrora pertenceram ao Império Czarista. Nesse sentido, as chagas doloridas que o imigrante trazia para o novo continente nem sempre encontravam remédio que as pudesse curar, e cada recém-chegado deveria enfrentar a nova realidade com os recursos mentais e emocionais de que era naturalmente provido, o que invalida qualquer tentativa de generalização.

Literariamente, cada conto contém uma história de caráter pessoal e cada relato encontra, ilumina e revela um tipo humano. Certamente, a fonte de inspiração do autor é a sua experiência como mascate em permanente contato com seus pares e com os homens e mulheres da terra, com os quais convive no dia-a-dia em busca de seu ganha-pão e que procura entender e assimilar na complexa ótica de seu próprio mundo.

NACHMAN FALBEL
Arquivo Histórico Judaico Brasileiro

Notas

1. No periódico *Di Tzeit*, nov.-dez., 1939, n. 4-5, p. 27, menciona-se a data de 31 de março de 1890.
2. V. Malamud, S., *Recordando a Praça Onze*, Livraria Kosmos Editora, Rio de Janeiro, 1988, p. 78, onde se encontra uma fotografia, do arquivo de Adolfo Aizen, na qual figura Kischinhevsky participando no lançamento da pedra fundamental da escola local, em 25 de novembro de 1928.
3. Em 5 de outubro de 1923, ele escreveria ao escritor Bernardo Schulman, informando-o sobre a criação do semanário *Dos Idische Vochenblat* e convidando-o para ser seu correspondente e colaborador em Curitiba. Vide o teor de seu conteúdo no Apêndice deste livro. Carta da Coleção Nachman Falbel. Sobre a criação do *Dos Idische Vochenblat*, vide Fallbel, N., Jacob Nachbin, Nobel, São Paulo, 1985, pp. 29-56.
4. Em carta de 11 de fevereiro de 1927, ele novamente escreveria a Bernardo Schulman para ser colaborador de seu periódico. Carta da Coleção Nachman Falbel. Vide Apêndice.
5. Sobre esses periódicos, vide a obra de Raizman, Isaac Z., A *Fertl Yohrhundert Ydische Presse in Brazil* ("Um quarto de século de imprensa judaica no Brasil"), The Museum of Printing Art, Safed, 1969, pp. 88-91.
6. *Neie Heimen*, p. 157 *Novos Lares*, p. 97.
7. Ed. Museum le-Omanut há-Dfus, Sfat, 1975, pp. 267-270. Um verbete sobre A.K. foi publicado no *Lexikon fun der Nayer Yidischer Literatur* ("Léxico da nova literatura iídiche"), New York, 1963. Também no "Léxico dos ativistas sociais e culturais do Rio de Janeiro", organizado por Henrique Iussim, que não chegou a ser editado, se encontra uma pequena biografia do autor que nada acrescenta ao verbete da publicação mencionada anteriormente.
8. Número 3, 1945, pp. 189-196.
9. Editora Monte Scopus, Rio de Janeiro, pp. 153-162.

1

ESQUECIMENTO

Pela centésima vez, Isidoro pega os seus cartões e os vira de um lado para o outro, de cima para baixo e novamente de baixo para cima. Não consegue chegar a uma decisão sobre como arrumá-los. E a conclusão nunca chega.

Ele está um pouco nervoso, sente nas mãos um leve tremor.

Já faz algum tempo que Isidoro começou a ficar pensativo e puxa para si – assim como quem cose com uma linha fina – lembranças de sua vida passada. De repente, tudo foge dele no longínquo esquecimento, não deixando para trás nenhuma lembrança de sua infância. Ele não consegue entender onde foi parar sua juventude, onde estão as melhores duas décadas de seus quarenta anos já vividos. "Como isso aconteceu, como?"

Já mexe nesses cartões há quase quinze anos. Dia sim, dia não, ele os rearruma, olha para eles pensativo e apalpa cada um separadamente, como se neles fosse encontrar alguma coisa que lhe pudesse dizer algo. Às vezes, ele se lembra da maneira como conquistava um novo freguês; de como declarava amor a cada moça simpática, sempre se dirigindo a ela fazendo mesuras; e de como a moça, em consequência, lhe exibia dentes alvos e brilhantes. Algumas vezes, suas mãos se perdiam no colo da freguesa, não encontrando nenhuma reação. Sentia que se excitava com o sangue quente brasileiro a correr no corpo da moça. Então, saía depressa da casa, sentindo em suas costas o olhar inflamado de desejo...

Ultimamente, porém, um sentimento oculto faz seus pensamentos se revolverem em seu cérebro. Faz algum tempo que Isidoro perdeu a confiança em suas próprias forças; o sorriso irônico, que no passado deixava embaraçadas as pessoas que lhe eram próximas, há muito desapareceu. Já não lhe apraz a carreira que fizera como mascate, possibilitando-lhe juntar mil-réis por mil-réis.

Se alguém viesse lhe pedir um empréstimo, ele meneava a cabeça, embaraçando seu cabelo ralo e ligeiramente grisalho, e com sarcasmo perguntava:

— E aí, quem é você? E a quantos por cento?

Se alguém passasse por ele na rua, tinha a impressão de que acompanhava seus passos, de que avaliava seus contos de réis... E prazerosamente costumava sorrir para si mesmo.

Porém, ele fora perdendo lentamente o sorriso atrevido com que costumava olhar os outros, que pouco dinheiro tinham, pensando o quanto os seres despojados de contos de réis são dignos de pena...

Hoje, Isidoro está sentado faz mais de duas horas, mexendo em seus cartões de cima para baixo e novamente de baixo para cima, sem, no entanto, conseguir pô-los em ordem. Hoje, ainda não sabe por onde começar suas cobranças. Só consegue ver diante de si pontinhos e pequenas manchas que saltam perante seus olhos, irritando seus nervos. Ele, que conhece tão bem as ruas por onde anda, cada pedrinha sobre a qual caminha há quase quinze anos, dia após dia, parece ter uma enorme confusão a pairar em sua mente e em seus pensamentos; parece não saber onde começa esta rua ou aquela termina. Tudo está confuso e embaralhado, as casas, as ruas e os cartões se encontram misturados como num remoinho, num pesadelo, e ele não sabe separar uma coisa da outra.

Melancólico, Isidoro levantou-se lentamente do banco em que estava sentado, sentindo um ligeiro tremor, como se uma corrente elétrica tivesse lhe atravessado todo o corpo.

Lá fora, uma chuvinha persistente batia no vidro das janelas e suas incontáveis gotas sumiam uma após a outra. Isidoro se sentiu estranho, uma pequena dor lhe apertou a alma. Ele se esforçou ao máximo para entender a razão do sofrimento espiritual de sua alma perturbada. Porém, de modo algum conseguia atinar com o fio sutil que o motivara, e um frio o tomou por inteiro. Cada parte de seu corpo tremia e vibrava.

Lá fora, a chuvinha teimosa gotejava sem parar.

De novo, Isidoro se atira, como faz há quase quinze anos, em sua cama de solteiro, que há muito, muito tempo não é arrumada, e cobre-se com sua colcha de lã, pensando em adormecer, nem que fosse por um breve período.

Porém, não consegue dormir. Seus pensamentos percorrem desde seu passado até o presente e vão de novo do presente ao passado, mas o fio que tece sua vida há quatro décadas sempre se rompe e volta para o longínquo esquecimento.

De uma coisa, apenas uma, ele tem certeza – de que sua vida, há tanto tempo deixada no esquecimento, fora muito pobre e sem colorido. Nela, alguma coisa faltava; faltava algo que a fizesse um pouco mais doce e agradável. Mas nada consegue elaborar em seu pensamento. Um vazio toma conta de seu cérebro, com pequenas lembranças teimando em entrar e sair.

Então, bruscamente, com os lábios crispados de raiva, Isidoro pula da cama, puxa seu sobretudo e sai de casa.

A rua, sob a teimosa e preguiçosa chuvinha, que irritantemente lança suas gotículas na cara de Isidoro, parece uma única matéria cinzenta; as casas, as ruas, até as montanhas exuberantes e lindas aparentam ser uma massa cinzenta, que dificilmente se acomoda no coração humano, perturbando seus pensamentos.

Isidoro anda mecanicamente, sem nenhuma vontade e, sob o efeito do mau tempo, se sente nervoso e perturbado. Cada passo que dá ecoa na calçada pedregosa. Enfiando sua cabeça o mais que pode na gola do casaco, faz os ombros parecerem bem mais altos do que o normal.

E assim vai avançando para a avenida, sem levar em conta quanto precisará caminhar a pé até chegar onde pretende, sem nem pensar em tomar um bonde para ir a seu destino.

À sua frente, passam dezenas de carros; carruagens pesadas são puxadas por cavalos, que arrastam sua carga com narinas resfolegantes; os bondes, um após outro, se apressam com seus sinos a ressoar, fazendo eco; as lojas estão envoltas em névoa, cinzentas e melancólicas; as pessoas caminham pelas beiradas da calçada, encolhidas dentro de suas roupas, como se não estivessem agüentando a chuvinha teimosa e preguiçosa.

Isidoro caminha lentamente, com passos pesados. Em sua cabeça, que parece querer se esconder dentro do agasalho, remói um mesmo e único pensamento: "Onde foram parar meus melhores vinte anos dos quarenta até agora vividos? Onde? E o que tanto atormenta meu coração? De quê minha alma sente tanta saudade? De quê?"

Casualmente, ele levanta a cabeça e vê passar uma moça vestida modestamente. Duas belas pernas, longas como as de uma garça, com lindas meias de seda repuxadas acima dos joelhos. Uma moça que caminha graciosa e calculadamente e, a cada passo, mexe seu corpo de um lado para o outro. Uma moça que lança sobre Isidoro um olhar discreto, dá-lhe um sorriso leve e gracioso, mostrando duas carreiras brancas de dentes entre lábios de um vermelho-cereja.

Isidoro estremece. Aquele sorriso lhe parece conhecido. Um sorriso que marca, acalenta e aquece a alma. Parece-lhe, então, que já havia conseguido agarrar o fio embaralhado de sua alma dolorida. Mas, rápido como um raio, essa idéia desaparece, deixando atrás de si a mesma sensação de incompreensão.

Seu pensamento começa de novo a trabalhar depressa, querendo lembrar algo de sua vida distante e esquecida. Como ele conseguira passar quase quinze anos no Brasil, ocupando-se apenas de seus cartões, esquecido de si próprio e de todos os seus amigos, de pai e mãe, que ainda viviam do outro lado do mar e dos quais há muito, muito tempo ele não tinha uma única notícia?

Dinheiro – esse tinha sido seu ideal, nisso havia colocado toda sua sabedoria... Quanto mais fregueses, quanto mais cartões, mais contos de réis. De nada mais queria saber, em nada mais queria pensar. Dinheiro, dinheiro, esse era seu lema, sua aspiração.

De fato, Isidoro havia conseguido o que tanto almejava, mas ao mesmo tempo, repentinamente, sente a solidão. Os fios de cabelo branco nas têmporas, que ele detecta em sua cabeça de 40 anos, o fizeram cair num estado de espírito melancólico. E então, a partir daquele momento, já não consegue reencontrar seu caminho...

A insistente chuvinha preguiçosa começa travessamente a se esconder dos primeiros raios de sol, que se mostram no céu entre nuvens espalhadas. Aqui e ali, pequenos filetes de água brincam sob a luz e logo desaparecem. A rua brilha como se estivéssemos olhando através de lentes de vidro de um amarelo bem suave. Tudo começa a brilhar debaixo dos mágicos raios do sol.

Isidoro chega à avenida. Entra numa cafeteria, pede que lhe sirvam café e, ao tirar o sobretudo, aspira profundamente o ar puro e fresco que sopra lá fora.

Diante de Isidoro, revela-se um mundo lindo e iluminado. Ele vê à sua frente centenas de mulheres e homens que, em pares ou grupos de três, se movem na avenida. O mundo lhe parece totalmente diferente, ele já não entende como deixara passar seus melhores anos, como pudera resistir à corrente e não se deixar arrastar nas ondas da juventude.

Foi como se Isidoro tivesse renascido. Ele paga seu café e sai para a rua. Pela primeira vez, entra num carro e pede que o motorista o leve à Praia Atlântica, aquela região de que ele tantas vezes tinha ouvido falar e nunca antes se atrevera a ir conhecer. "Não quero perder tempo", assim respondia quando lhe propunham fazer um passeio até lá. "Lamentável o tempo perdido. O dia que vocês perderam hoje nunca mais terão de volta..." Porém, viajando agora no carro para a Praia Atlântica, atravessando toda a orla, admirando as montanhas cobertas de eterno verde e as ondas do mar sob os raios de ouro do sol após a chuva, vendo como brilhantes gotículas sem fim brincam e se perseguem umas as outras até serem engolidas no sopé das montanhas, vendo ao seu redor tanta luminosidade, tanta amplidão, Isidoro começa a entender o verdadeiro sentido de seu comportamento anterior: uma pena, uma pena o tempo... E o sentido das palavras começa a ganhar para ele outro significado – "uma pena, uma pena os anos perdidos, uma pena o ardor juvenil da vida... é, uma pena...".

Assim, concentrado em seus pensamentos, ele nem percebe que o carro havia passado pelo túnel e já se encontrava na orla da Praia Atlântica.

Os gritos e a grande algazarra da multidão de banhistas o despertam de seus pensamentos. Ele vê como o sol, sem ter uma única nuvenzinha a escondê-lo, se espelha no azul do mar; ele nota as centenas de pés e mãos desnudos, que se entrelaçam uns nos outros. Em quase toda a extensão da praia, correm também homens e mulheres semidespidos, acompanhados de gritos selvagens, alegres, que ressoam e desaparecem no horizonte do mar imenso e profundo... Na orla da praia do

Atlântico, idosos, homens e mulheres, estão sentados, observando com prazer os jovens que brincam e rolam na areia e de novo pulam na água enquanto soltam gritos estridentes.

Isidoro desce do carro e começa a passear à beira-mar, observando os alegres grupos da multidão dos banhistas. Eis que vê uma jovem bonita e esbelta, que estende uma das mãos cheia de areia e a derrama sobre um homem mais idoso, que a ameaça de brincadeira com a mão...

— Papai, papai –, ele ouve a voz da moça bonita. – Você está zangado comigo? – E ela some nas ondas do mar.

Isidoro sente como se o coração tivesse crescido em seu peito, sente um calor em seus membros, seu pensamento esvaziado, sente em sua alma como se um grande peso o tivesse abandonado. Repentinamente, sente a solidão, o abandono. Começa a analisar sua infância perdida, que não lhe trouxera nenhuma alegria. Seu desejo de fazer um pequeno capital, de ajustar contas com os que lhe haviam amargado os anos infantis. E lá ficara ele, envolvido com esse monte de cartões, com esperança tamanha que não havia chegado a perceber seus 40 anos esvaídos no esquecimento longínquo, sem atinar com a vida ao seu redor.

— Papai, papai –, ele torna a ouvir a moça esbelta e graciosa. – Você está vendo? Descobri uma nova brincadeira. – Brurrr, brurrr, as ondas rugem e se debatem. E, através da superfície transparente da água, pode-se ver o corpinho bem-feito da moça, atirando-se e movimentando-se, leve como um peixe.

O sol lentamente vai se pôr atrás das montanhas, colorindo o céu com manchas de fogo. O mar parece mais agitado, e as ondas, jogando-se umas sobre as outras, se abatem ruidosamente na beira da praia. As pessoas começam a se vestir e desaparecem uma a uma.

Isidoro continua a passear na beira do mar, mergulhado em pensamentos carregados, ruminando sobre seu longo esquecimento. Porém, já com clara consciência e mais nenhuma dúvida de que eram os seus 40 anos, passados como um relâmpago, não lhe deixando uma única raiz para frutificar em sua vida futura, que o haviam levado ao atual estado nervoso. E um sentimento de lástima o envolve, alcançando tanto a ele mesmo quanto a sua vida passada.

Ele sente falta de um ser amoroso que o quisesse bem e o afagasse, exatamente como fazia sua mãe antigamente, quando ele ainda era menino...

Com esse pensamento, Isidoro volta para casa já tarde da noite. Pegando de novo seus cartões, faz um balanço geral e, com satisfação, acrescenta: "É, com algumas centenas de contos de réis, a vida pode ficar um pouco mais doce...".

2

ISSO ELE NÃO LHE DISSE

Quando Itzikl desceu do navio, esperavam por ele seu tio e sua tia. Isso queria dizer que o tio e a tia estavam trazendo ao Brasil um sobrinho, pobre coitado, para fazer dele uma pessoa igual a todas as pessoas.

Na verdade, Itzikl havia completado apenas 13 anos, tinha recém-começado a colocar os *tefilim* (filactérios). Porém, a imensa pobreza em seu velho lar foi a razão de seus pais mandarem seu talentoso filho para o Brasil. Tinham a esperança e o consolo de que ele ficaria em boas mãos, que iriam fazer dele uma pessoa decente. Nada mal, terem alguém em quem depositar sua confiança!

O tio e a tia o tiraram do navio e muito se alegraram com ele. Perguntaram-lhe tudo sobre o pai e a mãe, sobre como estavam e o que faziam as irmãzinhas e os irmãozinhos e, em geral, como iam todos os seus conhecidos... se eles estavam conseguindo se sustentar lá no *shtetl*, o vilarejo onde viviam, e como corria a vida por lá.

Itzikl respondia com o devido respeito a todas as perguntas que lhe faziam o tio e a tia. Ao mesmo tempo, admirava as roupas ricas que usavam e os brilhantes que tinham nos dedos – a grande riqueza da qual ele sempre ouvira falar, lá na cidadezinha onde morava. De tanto entusiasmo, nem conseguia falar direito; as palavras saíam de sua boca um pouco atrapalhadas.

A tia logo reparou nisso e lhe disse:

— Por que você não está respondendo diretamente ao que perguntamos? Ah! Um menino deve responder a tudo com precisão para podermos entender o que ele está falando.

Então, dirigiu-se ao marido, dizendo:

— Veja só quem veio para nós! Esse menino não sabe nem falar direito.

Instintivamente, Itzikl baixou os olhos, refletiu bem e disse de si para si: "De fato, bonito não é e nem compreensível. Mas o que fazer, que culpa tenho eu?".

— Não tem importância –, respondeu o tio. – Ele vai ser alguém na vida.

E, voltando-se para Itzikl, acrescentou:

— Aqui no Brasil, devemos ser espertos e alegres, está entendendo? Assim será bom para você...

Itzikl ouvia tudo e chegou à conclusão de que o tio e a tia tinham razão, devemos ser espertos e alegres.

Já em casa, e depois de ter descansado algumas horas em seguida ao delicioso almoço com o qual ele havia se refestelado, ouviu a tia se dirigir ao tio:

— Leve o menino à cidade e compre para ele algumas roupinhas. Faça isso já, para que tenha boa aparência, pois alguém poderá entrar de repente...

Dito e feito. O tio imediatamente levou Itzikl a uma loja, onde escolheu dois ternos de brim, um par de sapatos e um chapéu. Para o menino, eram roupas dignas de um rei.

Depois de repousar durante alguns dias, Itzikl foi levado pelo tio ao *lugar*, para que se adaptasse à nova vida e pudesse observar como iria trabalhar e, ao mesmo tempo, para captar um pouco da língua, de modo que depois tudo lhe fosse mais fácil.

Indo para o *lugar*, o tio começou a lhe dar as primeiras lições do comércio *clientele* [ambulante] – como um mascate precisa agir com comerciantes, pessoas, fregueses e assim por diante. Até que chegaram à primeira porta na qual o tio bateu. Dela saiu uma *goie* [gentia] gorda e negra, limpando suas mãos num avental sujo e com a boca recheada de dentes brancos exclamando:

— Ah!, é o senhor! Ainda não recebi o dinheiro da minha trouxa de roupa! O senhor bem sabe que eu pago a minha *prestação* com dinheiro do meu trabalho. O que o meu marido ganha mal dá para comer. Venha outro dia.

O tio anotou algo no cartão e desejou-lhe bom-dia.

— Você entendeu, Itzikl? Ela disse para eu vir *outra vez*. *Outra vez*, na nossa língua, pode até ser amanhã, porque ela não disse exatamente quando. E, se quisermos cuidar do negócio, não podemos ter preguiça; precisamos voltar amanhã e de novo bater na porta dela. Não custa nada fazer isso, não é mesmo?

Eles se dirigiram a outra porta, seguindo a ordem dos cartões arrumados pelo tio. Saiu uma mulata jovem, que, sem falar nada, estendeu para o tio 20 mil-réis. Itzikl esbugalhou os olhos ao ver a nota de 20 mil-réis. Não era pouca coisa, 20 mil-réis! O tio reparou nisso e, num repente, lhe perguntou

— Itzikl, quanto é isso?

— Um dois com um zero, isso quer dizer vinte –, respondeu Itzikl, com todo o orgulho de quem sabe ler.

— Verdade, verdade – disse o tio– você sabe ler! Veja só, eu não me enganei. Vamos continuar andando e você vai ver o que é o Brasil...

O tio bateu em outra porta. Dessa vez, mandaram que ambos entrassem. A gentia dizia alguma coisa e o tio lhe respondia e gesticulava. Ele mostrou várias mercadorias; a freguesa escolheu o que estava precisando e, pela dívida antiga, deu-lhe 50 mil-réis. Quando Itzikl viu a nota de 50, gritou em êxtase:

— O que, tio, são mesmo 50? Uma verdadeira nota de 50? –, perguntou, como se não acreditasse em seus próprios olhos.

— É, 50 de verdade –, o tio lhe respondeu, com não menor vaidade. – Você pensava que aqui é como lá em seu pequeno *shtetl*, um comércio de tostões?

E, virando-se para a freguesa, disse:

— Coitado, dá até pena, ele está chegando agora lá de sua terra, é meu sobrinho, e eu vou fazer dele um ser humano digno.

— Está vendo? –, disse o tio a Itzikl quando eles voltaram para a rua – o Brasil é um país de ouro, se trabalharmos, conseguimos fazer fortuna! Basta apenas querer; quando queremos, podemos conseguir muito dinheiro com facilidade. Os brasileiros são pessoas muito boas, é um povo querido; pode-se fazer negócios com eles, porque se deixam ordenhar como vacas de leite...

Itzikl ouvia o tio atentamente, como um fiel seguidor de seu mestre. Assimilava e guardava na cabeça tudo o que ele lhe dizia. E se propôs a ser bom e dedicado e a fazer tudo o que lhe ordenassem. Ele ainda seria, com a graça de D'us, tão rico quanto o tio e conseguiria trazer seu pai, sua mãe e seus irmãozinhos e irmãzinhas. As pessoas haveriam de ver tudo o que ele, Itzikl, iria realizar.

Havia apenas uma coisa que Itzikl carregava e entristecia profundamente sua alma – e isso porque as pessoas brasileiras eram tão castigadas pelo Senhor do Universo, pois, além de serem tão boas e tão tolas, ainda por cima eram pretas!

Alguns dias mais tarde, quando Itzikl já conhecia um pouco melhor o *lugar*, o tio preparou um razoável pacote de mercadorias, pôs aquilo embaixo do braço dele e disse:

— Itzikl, você precisa aprender a ser uma pessoa digna! Graças a D'us você tem uma família e precisa ajudá-la – e, voltando-se para seu íntimo, o tio mirou Itzikl com o pacote, deixando um sorriso de satisfação se estampar em seu rosto, enquanto pensava nos novos fregueses que o sobrinho traria para ele.

De novo juntos, tio e sobrinho saíram de casa para o *lugar*, e o tio começou a dar sua segunda aula sobre como bater em portas.

— Por exemplo, Itzikl, você bate numa porta e pergunta: *"A senhora deseja comprar alguma coisa?"*. Aí, começa a enumerar todas as coisas boas que você tem no pacote. Então, a senhora responde: *"Hoje não quero nada"*. Isso é português, está entendendo? Quer dizer que hoje ela não quer nada, mas amanhã pode querer! Então, com astúcia, procuramos fechar o negócio imediatamente, entende? Na mesma hora! Se, por exemplo, ela disser *"Não preciso de nada"*, quer dizer que ela não precisa de nada, compreende? Mas isso é pura tolice, pois o que significa não precisar de nada? Você já viu qualquer ocasião em que não se precise de alguma coisa? Então, o óbvio é que ela não quer se incomodar... os brasileiros se movem com dificuldade. E aí, o que fazer? Devemos nos aproximar dela e pôr a mercadoria bem embaixo do seu nariz, para que a veja bem; depois, colocamos a mercadoria numa prateleira. Então, o negócio está fechado.

A lição continuou:

— Preferencialmente, devemos nos esforçar para entrar em todas as casas e lá deixar alguma mercadoria... isso não tem nada de mal! Os brasileiros são muito queridos e, se os convencermos, aceitam o fato sem oferecer resistência. Às vezes, pode acontecer que uma freguesa lhe diga "*Não me amole*", que quer dizer... quer dizer... Como explicar? É como... como... "Não me aborreça"... Mas, na verdade, isso tem outro significado... Pode ser... "Sei lá"... ou... "Agora, não estou com disposição"... ou, então, "Estou pedindo que me deixe em paz"... entende? A língua brasileira é muito rica; uma palavra tem dez sentidos. Então, por que interpretá-la de forma negativa, não é?

E foi assim que Itzikl começou a sair sozinho para a rua, com o pacote debaixo do braço e, no bolso do paletó, um caderninho, onde estava escrito todo o léxico de palavras e frases que seu tio lhe havia ensinado.

Itzikl saiu disposto a *fazer fregueses* e, com isso, agradar seu tio e sua tia. Todos os dias voltava para casa com três ou quatro novos cartões e seu tio lhe dizia:

— Está vendo? Isso é doce como açúcar!

Entre as palavras que o tio lhe havia ensinado, Itzikl deixara de anotar "*Vá embora, cachorro*". Ele as ouvia diariamente, mas, em respeito ao tio, não perguntou o que queriam dizer, embora gostasse muito de saber o que significavam.

Uma vez, caminhando para o *lugar*, ele encontrou um rapaz que parecia pouco mais velho e que ele costumava cumprimentar quase diariamente. Então, parou o moço, desculpou-se e pediu que ele lhe explicasse o que quer dizer "*Vá embora, cachorro*".

O rapaz olhou Itzikl dos pés à cabeça e acrescentou com certo orgulho:

— Graças a D'us, a mim, nunca ninguém disse tal coisa!

Itzikl ficou um pouco surpreso e começou a balbuciar:

— O que significa?... Você não disse... Que palavras são essas? Será que estou ofendendo os fregueses?

— Eu quero que você me compreenda – disse o rapaz, compadecendo-se com a resposta de Itzikl. – Com certeza, você insiste muito para que os fregueses comprem sua mercadoria; você os aborrece demais, e isso se entende, afinal, são apenas seres humanos. Quando irritados, dizem: "*Vá embora, cachorro*". É preciso saber bater em portas...

— Mas, por favor, me diga o que isso quer dizer? É mesmo uma palavra tão feia? O que estarei fazendo aos fregueses? Estarei causando algum mal a eles? Mas, ao contrário, acho que os estou beneficiando, pois dou a eles as coisas já prontas. Diga-me, então, qual é o significado de "*Vá embora, cachorro*"?

— "*Vá embora, cachorro*", quer dizer... quer dizer... Como explicar? Por exemplo... Cachorro, cachorro danado, entende? Ca-chor-ro da-na-do!

— Ah!, isso!, exclamou Itzikl, indiferente, e tirou o caderninho do bolso para anotar a frase. Então é isso... isso meu tio não me disse!

Colocando de volta o caderninho no bolso do paletó, Itzikl agradeceu o rapaz conhecido que costumava cumprimentar e continuou seu caminho, compenetrado em repetir a frase "*Vá embora, cachorro*".

3

O GRINGO

Ninguém sabe como ele chegou a isso. Junto com um grupo de vagabundos, maltrapilho, pés descalços arranhados e inchados, faces sujas bem queimadas de sol, com o peito sujo e pêlos desgrenhados como se fossem uma floresta – lá estava ele na estação do trem. Quando chega um trem, ele corre e pula de um vagão para o outro, procurando com atenção se há alguém com algum pacote para carregar.

Esse trabalho, ele o faz com facilidade e despreocupadamente, não demonstrando decepção alguma quando nenhuma carga se apresenta.

Com a mesma leveza, ele se comporta em relação às mulheres, encarando-as, lançando-lhes gracejos banais e cumprimentos grosseiros, que as fazem corar de vergonha.

Ninguém saberia dizer a que raça ele pertence; o sempre estar a céu aberto, sob frio, calor e chuva – isso apagou de suas faces as características de sua origem.

Seus amigos reconheceram nele o *gringo*, e era assim mesmo que o chamavam. E quando passava alguma moça judia, pela qual ele se sentia atraído, eles gritavam:

— Ei, *Gringo*! Lá vai tua patrícia! Ai! Que beleza!

E assim se soube que ele era um repelente vagabundo judeu, que todos procuravam evitar.

Os mais bem situados viam nele um perturbador da cidadezinha, alguém que envergonhava e rebaixava a coletividade judaica.

Isso aconteceu em um dos típicos dias quentes do Brasil, quando o sol arde e queima sem piedade. E como ele esgota lentamente nossa energia vital! Pessoas e animais ficam exaustos; as aves param de cantar; as folhas das árvores não se movem; os cães se arrastam para a sombra, estirando-se sobre a barriga, cabeça apoiada nas patas dianteiras e respiração pesada. Tudo aparenta estar morto. Preguiça e apatia dominam tudo.

Nesses dias, as pessoas ficam como meio-mortas, as mãos mal se mexem para qualquer tarefa, o corpo movimenta-se com dificuldade, e a cabeça deixa de obedecer. Preguiça, preguiça e nervosismo!

Dias tão sufocantes eram prenúncio de tormentas e tempestades.

Proprietários abastados examinavam suas casas, os telhados, as fundações, para ver se necessitavam de algum reforço, aperto de parafusos ou apenas de alguma medida de prevenção. Também examinavam bem os batentes de portas e janelas, se acaso não estavam enferrujados, se agüentariam a grande e esperada tempestade.

O *Gringo* reparou em seus amigos, que hoje teriam de dormir naquela construção murada, não terminada, porém já com teto.

O dia inteiro, quase nada aconteceu em sua ocupação. Se alguém se aproximava do *Gringo* para alguma entrega, ele não se mexia do lugar. Preguiçosamente, fazia um gesto com a mão e com o polegar, enxugava o suor da testa, que pingava como grossas gotas de chuva no chão.

A atmosfera ficou cada vez mais pesada e densa, dificultando a respiração.

A noite começou a cair. Abateu-se uma escuridão intensa, boa para realçar os finos e afiados relâmpagos que feriam os olhos. Bem longe, atrás das montanhas, ouviam-se estampidos e o ribombar de espessos e raivosos trovões, que se perdiam nas profundezas longínquas.

A cidade não dormia, esperando que a tormenta chegasse depressa. Porém, ela demorou muito, e os corpos cansados caíram exaustos, os olhos pesados iam lentamente se fechando.

Só pelas quatro da manhã a tempestade se aproximou, arrastando consigo tudo o que encontrava pelo caminho: árvores, postes de eletricidade e telhados. Os raios cortavam o céu em pedaços, e o vento uivava assustadoramente. Em seguida, começou a cair uma chuva torrencial, acompanhada por outros raios e trovoadas e fazendo que todos os moradores da cidade se pusessem de pé, assustados e preocupados.

Os amigos do *Gringo* acordaram assustados e, arrastando-se para um canto da construção, acotovelaram-se uns aos outros medrosamente.

Através dos clarões dos raios, avistaram o *Gringo* deitado a um canto, respirando com dificuldade, jogando-se e mexendo as mãos sem parar. Eles o acordaram, e ele despertou num sobressalto, gritando:

— Ah!, você levou... Bem-feito!

Imediatamente sem forças, porém, ele abaixou as mãos, encarou seus colegas, lá no canto, e com voz bem triste acrescentou:

— Foi apenas um sonho... um sonho com uma verdade... Mas eu não bati nele com uma garrafa, não! Não foi com uma garrafa.

Seus amigos estavam tão assustados com a terrível tempestade que nem prestaram atenção às suas palavras, e o *Gringo* acrescentou:

— Entre mim e meu pai, ocorreu uma desavença, um longo atrito, até chegarmos a um confronto físico. Ora ele se jogava sobre mim, ora eu me jogava sobre ele. Ele simplesmente me deixou prostrado. Já deitado em estado de semi-inconsciência, senti um clarão nos olhos: era uma garrafa. Eu a peguei e lhe dei com toda força na cabeça... até que o sangue começou a jorrar. Não foi bem assim! – ele exclamou em seguida. – No sonho, foi bem diferente.

De repente, sua voz se modificou, alegre e segura. Graças à claridade dos raios, podia-se vislumbrar o festivo entusiasmo em seus olhos.

— Amigos! Eu garanto a vocês que vamos acertar no *bicho*, vamos raciocinar. Eu, a garrafa e o pai. Eu o encontro, devemos todos jogar no "pai". Que *bicho* será que ele é? Esperem, esperem! Mãe é *gata*, não é? É, é isso, sim! E, se mãe é *gata*, então, pai é *cachorro*. Claro, amigos, não pode ser diferente!

A idéia e o raciocínio preciso do *Gringo* despertaram nos amigos uma mística crença. Eles sacudiram os bolsos e concluíram que juntos possuíam uma soma que daria apenas para uma *centena* e uma *dezena*.

O dia recém-chegado estava belo, e trabalho não faltava: tinham que consertar tudo, tudo o que a tempestade deixara em ruínas. Porém, disso o *Gringo* e seus amigos não queriam nem ouvir falar. Eles estavam esperando a sorte grande. E não é que deu mesmo *cachorro*? O pai venceu.

Foi um dia de festa, foram todos juntos *matar o bicho* e, quando já estava sob o efeito do álcool, o *Gringo* revelou um segredo aos seus amigos – contou que tinha uma *namorada*.

— Aquela linda *moreninha*, a pequenina com as pernas finas, que chega todos os dias à tardinha no trem das 5 horas.

— Ai!, como ele gosta dela! –, os amigos fizeram troça e o levaram na brincadeira. O *Gringo* nem se incomodou; mandou que lhe servissem mais *cachaça* e novamente começou a contar prosa de sua *moreninha*.

— É – um deles se manifestou –, ela é mesmo tua patrícia, mas já tem outro *namorado*. O *Gringo* agarrou-o pelo colarinho e começou a gritar:

— Quem é que tem outro *namorado*? Ela é minha e minha sempre será! Eu também sou gente, sou filho de um pai!

— Não... Você quer dizer é que é um *filho de uma mãe*!

— Não! – o *Gringo* contestou –, eu também tinha um pai, um mau espírito penetrou em seu coração! Ele era péssimo para minha mãe, batia nela todos os dias, e ela chorava tanto, chorava tanto...

Lágrimas despontaram em seus olhos e, balançando sobre seus pés, ele repetia sem parar:

— E ela chorava tanto... chorava tanto...

— Sua mãe era bonita, não é verdade?

— Ela arrumou *namorado*?

— Calem-se! Calem-se! –, o *Gringo* começou a gritar selvagemente e se atirou contra seus ofensores. Os demais companheiros o afastaram com dificuldade. Ele, enfraquecido, baixou as mãos, deixando cair a garrafa que segurava e se espatifou em pedacinhos.

Cambaleante, voltou a sentar-se, indefeso. Quase sem poder se ouvir, sussurrou:

— Assim era ela – lágrimas o sufocavam. – Tão pequenina quanto a *moreninha*, com pernas leves e finas, magrinha, encolhida; mas os olhos eram tão grandes, tão vivos. E quando ele, tomado por um mau espírito, começava a bater nela e a gritar "Sua inútil, seja uma mulher de verdade!... Ajude seu marido", ela erguia os olhos para o céu, como se implorasse e, orando com emoção, em silêncio e submissa, recebia as pancadas, balbuciando palavras incompreensíveis. Ah! Se alguém pudesse perscrutar o interior de sua alma!

Ele apoiou a cabeça com uma das mãos e, balançando-se na cadeira, soltou lá do fundo da alma soluços silenciosos umedecidos com lágrimas quentes, que não paravam de rolar. Seus companheiros se comoveram com ele, ficaram todos atentos e mudos aguardaram o final do relato.

O *Gringo* deixou cair a mão pesadamente, e a cabeça afundou em seu peito. Então, balbuciou, quase não deu para os colegas ouvirem:

— E ela é tão bonitinha, a *moreninha*, igualzinha à minha mãe; os mesmos lindos olhos atraentes, também tão pequenina, ela vai ser minha, minha ela será!

— Onde está sua mãe?

— Ela já morreu?

— Ela vive, ela vive em algum lugar do Sul.

— E seu pai, ainda bate nela?

— Se eu tivesse um pai como o seu, eu lhe daria uma lição, oh, oh, oh!

— *Mais cachaça* –, o *Gringo* se levantou, ordenando. Tomou mais um gole, engasgou e deu uma cusparada bem forte.

— Oh! Eu lhe dei uma surra! Que surra lhe dei! Não foi com uma garrafa amigos, aquilo foi só um sonho.

— Como foi que aconteceu?

Todos os amigos ficaram à volta dele, se balançando sobre as pernas, como espigas de trigo no campo.

Os olhos do *Gringo* se incendiaram e, em tom meio-furioso, meio-jovial, ele contou!

— Isso aconteceu certo dia quando eu vinha chegando e, bem perto da porta, deu para ouvir que minha mãe estava se contorcendo de dores, como se alguém a estivesse espancando. Ela gemia por causa das pancadas que meu pai lhe dava, como se um mau espírito o tivesse tomado. É, devo observar que, até aquele momento, eu não entendia por que ele a maltratava tanto. Porém, naquele instante, amadureci e comecei a perceber sua vileza. Um mau espírito penetrara em sua alma – e o *Gringo* deu novamente uma cuspidela.

Os amigos o apressaram, oscilando sobre as pernas:

— E daí? E daí?

— Eu ouvi como ele batia nela e ao mesmo tempo gritava com muita raiva: "Vá trabalhar! Seja esperta! Você tem uns olhos atraentes e poderia virar a cabeça deles, precisaria apenas engordar um pouco, ficar mais feminina!". Depois, acrescentou num tom artificialmente amigável: "O nosso querido Moisés sofre tanto, o que será dele? E a vida é tão pesada e amarga!". E ela soluçava, sufocada, cortando o coração de quem a ouvia. A mim, dava a impressão de que os sofrimentos de milhares de pessoas tinham se instalado em sua alma e se enraizado dentro dela. D'us!, como uma pessoa pode agüentar tanto sofrimento? É, de repente, comecei a entender a torpeza do que estava acontecendo... Despertou em mim um orgulho de filho que necessita decididamente ajudar sua mãe em perigo. E, na condição de meus incompletos 16 anos, me enchi de coragem. Entrei em casa com tanta raiva que meu pai se assustou e se afastou para um canto, lançando sobre mim seus pequenos olhos felinos, já pronto para se desculpar. Mas eu lhe dei um pontapé, assim, e ele caiu imediatamente. Ah!, que patada eu lhe dei!

O *Gringo* silenciou e retomou:

— Minha mãe me abraçou e beijou. Beijava e chorava. Mas era um outro choro; era um choro mesclado com uma alegria sem palavras. No final, a envolveu um temor e ela se deu conta do que tinha acontecido. "Corra, corra meu filhinho, fuja daqui!", disse. Juntou apressadamente um pouco de roupa, alguns mil-réis e rapidamente me empurrou para fora da casa. "Ah!, mãezinha, mãezinha!"

De repente, o apito da locomotiva. Rápido, o *Gringo* olhou para o relógio. Eram cinco horas em ponto. Ele saiu apressadamente do botequim, com seus amigos atrás dele. Postou-se na saída da sala de desembarque e seus olhos procuravam alguém, alguém em especial. E, com uma rapidez quase imperceptível à vista, ele já se encontrava aos pés da *moreninha* e balbuciava atropeladamente:

— Querida mãe... felicidade... entrar no fogo...

Essa cena tragicômica juntou muita gente ao redor dele. A *moreninha* chorava e protestava. Os amigos riam desbragadamente, divertindo-se com a cena.

Nesse ínterim, apareceram dois guardas, que pegaram o *Gringo*, deram-lhe umas boas cacetadas e o levaram para a delegacia.

Ele os acompanhou sem protestar. Porém, soltou um grito selvagem:

— Mas eu não fiz a ela nenhum mal! Como posso maltratar minha mãe? Minha *moreninha*? Oi, queridos companheiros! Sejam bons amigos! Tomem conta de minha *moreninha*...

O tom do *Gringo* era tão alterado e tocante que levou os policiais a arrefecer o ímpeto. Os amigos baixaram a cabeça em sinal de concordância, e alguns judeus que presenciaram o espetáculo puderam respirar aliviados...

4

LÁ, NUM LUGAREJO ESQUECIDO

Ele era originário de uma cidadezinha da Bessarábia, de pais pobres. Seu pai, um judeu alto e saudável, fechado em si mesmo, que não desperdiçava palavras, tinha um ditado: "Uma pessoa tem que ser forte". E ser forte, para ele, queria dizer não apenas fisicamente, mas também com força de vontade.

"Uma vontade férrea", costumava dizer, "é uma bênção de D'us". E essa mesma força de vontade também herdara Henrique, ou Hershl, como costumavam chamá-lo em sua cidade natal.

Henrique, que tinha a compleição de seu pai, sua força de vontade e, em certa medida, idéias astutas, era espiritualmente pobre. Ele precisava sempre se apoiar em sua pouco definida experiência interior para entender o que se passava; freqüentemente algo o apertava, o atormentava profundamente, mas ele não conseguia encontrar aquele verme oculto que tanto o oprimia. E, aqui, sua vontade, forte e teimosa, não o podia ajudar...

Em uma coisa, porém, Henrique aproveitava sua força de vontade – na área dos negócios, no comércio, que envolve a maioria dos judeus aqui chegados e, apesar de não demandar grandes conhecimentos, exige grande força de vontade para fazer frente aos obstáculos que freqüentemente se apresentam pelo caminho.

Mordendo o lábio, Henrique fechou-se em si mesmo e exclamou:

— Preciso encontrar um caminho.

Não conseguia lembrar-se, porém, como tinha vindo parar aqui, nesta longínqua e esquecida cidade, situada na região noroeste do Brasil, a centenas de léguas do Rio de Janeiro. Então, de repente, lembrou-se de desembarcar do navio, do encontro com seus conterrâneos, de como eles lhe contaram sobre suas maravilhosas conquistas. E de cada um se esforçando para lhe mostrar algo. Lembrava-se de o levarem para ver a grande e bela cidade, onde se encontrava pela primeira vez, e de como admirava cada coisa, inclusive o que para os citadinos é absolutamente corriqueiro.

Preguiçosamente e sem pressa alguma, se pôs a meditar. Começou a vestir-se, apesar de já se fazer tarde. "É domingo, as lojas estão fechadas, então, para que pressa?" Devagar, calçou uma das meias, depois a outra; um sapato, depois o outro; e aí recomeçou a pensar teimosa e preguiçosamente. De repente riu em voz alta e gritou:

— Oh, você, *mulata, mulata*!

Com seu grito e sua risada, entrou uma jovem *mulata* de média estatura, aparentando uns 19 anos, que trajava meias brancas e sandálias de saltos altos. O comprimento do vestido que usava, um pouco amarrotado, de seda, lhe chegava somente até os joelhos e moldava seu belo corpo; seus lábios grossos estavam recém-pintados de vermelho e seus inquietos olhos negros miravam com admiração na direção a Henrique.

— Você me chamou? –, perguntou-lhe, ao mesmo tempo que lançava um sorriso, vendo que Henrique sorria com indisfarçável prazer. Porém, a resposta não veio tão depressa, de modo que, zangada como uma criança, ela baixou os olhos.

— Você está zangada, minha Virgínia?, ha! ha! ha! –, agarrou-a pela cintura e se colou aos seus lábios, jogando-a sobre a cama sem parar de rir alto.

Virgínia ficou intrigada com o riso dele. Deu um pulo da cama e, nervosamente, provocou-o de todas as maneiras.

Com uma despreocupação bem brasileira, Virgínia perguntou:

— O que foi que te aconteceu? O que é que te fez rir tanto? Não é comum você agir dessa maneira...

— Sabe o que me aconteceu? –, respondeu Henrique sem interromper o riso – meus conterrâneos me enviaram para cá, longe de minha cidade. Aparentemente, para eles, eu era demasiado inteligente... mas não, a verdade é que eu não lhes servia.

— Nada mal! Se não fosse isso, nós não seríamos *amiguinhos*.

— Só isso?

— Você quer mais?
— Sei lá!...
— E você é rico.
— Sou, sou muito rico!
— E eu gosto de você.
— Hum...
— E você já está sério de novo.
— Você quer mais um vestido de seda? –, disse ele sorrindo.
— Por que não?
— Quem sabe mais um par de sapatinhos?
— E daí, eu não mereço?
— Claro, porém...
— Que porém? O que quer dizer com isso?
— Nada, simplesmente nada –, ele tamborilou com os dedos sobre a mesa. Acendeu um cigarro e lentamente pôs-se a tragá-lo, liberando uma fina e clara fumaça. Seu rosto ficou sério e, com expressão indefinida e voz imperiosa, disse:
— Virgínia, traga-me café!
Virgínia, submissa e cabisbaixa, saiu do quarto.
E novamente o invadiu uma tristeza... Olhava insistentemente para um ponto fixo no canto do quarto e pensava na cidade grande cheia de judeus, sentados nos cafés, conversando entre si familiarmente; ele também já estava informado sobre as múltiplas instituições sociais, entidades muito ativas, e sobre o notável *Relief* ao qual se dirigiam semanalmente os novos imigrantes, trazendo consigo lembranças do velho lar.
De repente, ele gesticula, como se quisesse afastar de si algo que não conseguia definir e lhe sussurrava ao ouvido:
— O que é que ele está fazendo aqui nesta cidade esquecida?
— Ah? É mesmo, o que é que ele faz aqui?
— Preso aos negócios?
— É, negócios! E talvez negócio nenhum...
O curto dia invernal se arrastava hora após hora e, quando finalmente Henrique acordou de seus aflitivos pensamentos, o sol já começava a se pôr atrás das montanhas, projetando no céu uma multiplicidade de cores. Rapidamente, ele se vestiu e saiu à rua.

No jardim da pequena cidade, as pessoas iam e vinham. Sem nenhum sinal de vida ou alegria, davam voltas, automaticamente, ao redor do coreto, de onde, em uníssono ou com acordes entrecortados, a música partia para se perder no vazio do espaço longínquo, onde ia se redimir e trazer mais alma e mais vida aos corações melancólicos.

Henrique caminhava ao léu, sem destino, apenas para espantar seus pensamentos tristes e saudosos por mais algumas horas.

Ele ouvia pessoas que o cumprimentavam:

— Boa tarde, senhor Henrique, como vai o senhor? – e ele quase nem se voltava, já reconhecendo a voz daquele que falava.

Conhecia todos, a cidade toda. Eis que ao seu lado passa uma senhora morena e gorda, que se movimenta ao andar como se estivesse sobre molas, e o cumprimenta cordialmente, querendo agradá-lo. Henrique, respondendo somente com um aceno de cabeça, pensou: "Seria bem melhor que você me pagasse o que deve, sua *schwok*, caloteira... Porém, não lhe queria mal; por existirem muitos caloteiros, como ela, ele estava rico.

— E aí, alguma novidade? –, alguém o interpelou. Ele, porém, viu passar uma linda mulher, muito charmosa, e se deteve, lançando os olhos sobre ela.

— Ah, ah! Ela não me reconhece mais –, comentou baixinho, ao passo que um sorriso cortante abriu seu lábio inferior.

"Muito bonito da parte dela", pensou. "Seus primeiros sapatos, fui eu que lhe comprei, e a primeira meia de seda, fui eu que calcei nela..."

O tempo se escoava lentamente; ele começou a se sentir enjoado e decidiu entrar num bar para um cafezinho, mas, como o café não estava fresco, murmurou e praguejou. Tinha a impressão de ser o único habitante do vilarejo. Parecia que ninguém mais existia para ele, nem ele para ninguém. "Porém, como expulsar essa tristeza?"

Estava no vilarejo havia muitos anos e nunca tinha sentido uma tristeza assim. Noite e dia, passava ocupado, trabalhando, sem tempo para pensar. Agora, porém, a coisa era outra: ele cessara de *fazer* novos fregueses no trabalho de rua; sua loja de móveis funcionava por si. Durante a semana toda, ele se mostrava sempre atarefado com alguma coisa – deslocava um móvel para um lado, uma peça para outro; ralhava com os encarregados; anotava entradas e saídas no livro de contabilidade e assim ocupava o tempo. Mas, quando chegava o domingo ou algum feriado, começava a se sentir mal. Era tomado por uma melancolia, uma tristeza; começava a pensar na cidade na qual as pessoas conhecidas se reúnem, conversam... Então, a saudade o assaltava.

Nesse entardecer, Henrique deixou-se ficar até tarde na rua – se é que podemos dizer isso, pois, na verdade, ele vagava de um lugar a outro, e seu cérebro não cessava de trabalhar, desejando esquecer. Não teve êxito, porém, e, exausto, voltou para casa ao anoitecer.

Sua *mulatinha*, Virgínia, estava sentada na cadeira de balanço e preguiçosamente se embalava, mordendo as unhas de tanta irritação. Quando Henrique entrou em casa, ela rapidamente procurou ajeitar seu bem-talhado decote e habilmente fez realçar seus seios; nervosamente, com a mão esquerda, pegou um cacho de cabelo e, com a mão direita, o enrolou engenhosamente; depois, alçou os olhos para Henrique e com estudada indiferença lhe perguntou:

— Foi bom o seu passeio hoje?

Henrique permaneceu calado.

— Alguma feliz declaração de amor? Aconteceu algo assim com você? Sem dúvida aconteceu!

Ele nada respondeu.

— Quer dizer que você confirma minha suspeita?

De súbito, Virgínia levantou-se da cadeira de balanço, empertigou-se com firmeza e acrescentou, com orgulho e teimosia:

—Você sabe que eu não vou permitir que ninguém tome você de mim!

Henrique silenciosamente fixou bem os olhos nos olhos dela. Seu rosto, moreno e gracioso, se transmutou no semblante de uma recatada moça judia, e duas criancinhas, como dois lindos anjinhos, que em seu vestido seguravam, olharam para ele com amoroso sorriso pueril. Delicadamente, ele a abraçou pela cintura e se deixou cair sobre a cama, e Virgínia, sentando-se sobre seus joelhos, o acariciava como se ele fosse uma criança.

5

CASA PARIS

Elikl pertence ao tipo de *clientelchik* que sabe como *fazer* um freguês. E, quando se junta com seus companheiros de ofício, o único assunto deles é falar de freguesia e clientela.

Ele conta como fisga um bom freguês e como os fregueses o têm em alta consideração.

Para Elikl, não existe nada a não ser fregueses e cartões. Sempre é visto a correr as ruas com um maço de cartões, misturando-os sem parar e a todo momento alçando a cabeça para observar as casas e verificar se os números conferem – embora saiba muito bem, sem recorrer aos cartões ou aos números, onde esse ou aquele freguês reside. É que embaralhar os cartões e levantar a cabeça para ver o número lhe dá o maior prazer, pois nesse momento ele pensa ser um elemento útil no mundo... Se não fosse ele, as Marias andariam nuas e descalças... "O Senhor D'us Todo Poderoso" – assim pensa – "fez bem ao criar a profissão de mascate no mundo, elegendo a ele, Elikl, como Seu *mashiach*, seu enviado, incumbido de prover cada um com o que é necessário para sua família."

Por isso mesmo, para Elikl, cada cartão é algo sagrado, que ele nunca larga das mãos, algo em que sempre pensa e cujo número, mesmo dormindo, ele procura saber como aumentar.

Foi por isso que Elikl conseguiu *fazer a América*. Para conquistar fregueses, ele é único no mundo, e não era sem motivo que os outros mascates costumam invejá-lo!

E de que meios Elikl se utiliza para apanhar um freguês? Durante o dia, por exemplo, ele adota estratagemas como bater numa casa e oferecer um cartão – seu cartão – no qual se lê "*Casa Paris*" e, logo em seguida, acrescenta:

— Esta Casa me enviou a você, e como você é uma excelente freguesa podemos....

E, antes que a freguesa tenha tempo de abrir a boca para lhe dizer algo, já Elikl está dentro da casa, abrindo o pacote e espalhando as mercadorias, entre as quais se encontram atraentes cortes de seda. Não resistindo ao seu mau instinto, a coitada da freguesa acaba ficando com um dos cortes de seda...

Se acaso esse recurso não tem sucesso, Elikl grita na rua, com voz bem alta:

— São 5 mil-réis a colcha, 5 mil-réis um cobertor! Só 5 mil-réis! Eu cobro bem barato! Mais barato que um prato de *borsht* –, acrescenta na língua materna, referindo-se à típica sopa de beterraba com repolho, muito apreciada pelos judeus.

A dona, ouvindo 5 mil-réis por uma colcha, chama Elikl para dentro e escolhe uma colcha. Enquanto faz um recibo, ele lhe lança a pergunta:

— Quando devo vir receber os outros 5 mil-réis?

— O quê? –, ela se dá conta do que se passa. – Mas você anunciou 5 mil-réis a colcha.

— Não, procure me entender –, começa Elikl a gaguejar suplicante e bajulador. – Uma colcha dessas custa nada menos do que 20 mil-réis, como é que eu poderia vendê-la por apenas 5 mil-réis?

— Espera lá, você mesmo gritou!...

— Não, *minha senhora* – Elikl a interrompe – eu estava gritando que eram 5 mil-réis por mês, com toda a certeza a senhora não entendeu bem. Mas eu não estou... isso acontece... às vezes a pessoa não ouve bem...

— Bem, afinal, quanto custa uma colcha dessas?

— Somente 5 mil-réis por mês *minha senhora*, nem mais nem menos!

— Isso eu já sei, mas quanto ela custa afinal? Quantos meses eu ainda vou ter que pagar?

— Está vendo, *minha senhora*? Isso já é algo diferente. Essa colcha vai custar um total de... cinco *prestações* de 5 mil-réis, já incluídos os 5 que a senhora acabou de me dar agora mesmo. Está vendo como eu cobro barato?

— Quer dizer que a colcha vai me custar 25 mil-réis?

— É, é isso mesmo! –, responde Elikl em voz alta, já do outro lado da porta. – Posso vir cobrar no dia 6?

E é assim que Elikl, diariamente, sai à rua procurando de diversos modos *apanhar* um freguês. E, à noitinha, quando volta para casa, costuma dizer aos seus conterrâneos:

— Hei!, seus ineptos, vocês também sabem *fazer* fregueses? Hoje, consegui dez. E dois deixei *em condição*.

Se, em algum dia, Satanás se intromete e nenhuma artimanha o ajuda, ele não se perturba. Só que, nesse dia, acaba indo um pouco mais tardiamente para casa. Ele caminha, caminha, até sua sombra ficar longa e, ao se mostrar tão longa, sinalizar que o sol está se pondo. Aí, então, quando janelas se entreabrem para as ruas, e mulheres com faces coradas e lábios pintados esticam as cabeças para fora, querendo aspirar um pouco de ar fresco e, com olhinhos bem delineados, sorriem entre si – justamente nessa hora, Elikl se mostra à rua com seu pacote de mercadorias e as joga pelas janelas para que elas as apreciem. Que mal há nisso? E assim, entre risos e chistes, retorna Elikl para casa, já tarde da noite, com um bom punhado de cartões.

Em resumo, Elikl não consegue ficar parado. Aqui no Brasil, ele não se permite gastar seu tempo à toa. Não pode entender como outros mascates não ganham dinheiro. "Vai ver", pensa, "eles não foram agraciados pela Divindade para poderem cumprir sua sagrada missão..."

Um dia ao entardecer, encontraram Elikl queimado e escurecido pelo sol, mal conseguindo arrastar os pés de tão cansado, sujo e desgrenhado e com o pacote sobre os ombros. Tudo nele estava desarrumado – o chapéu virado, a mercadoria mal-embrulhada –, toda sua aparência era a de um selvagem recém-chegado do outro lado do morro, que fica extasiado quando de repente se depara com a grande, a linda e brilhante cidade.

Naquele dia, sucedeu com Elikl o que nunca lhe havia acontecido: ele não conseguira ganhar dinheiro nenhum e, triste, já tarde da noite, deixou-se voltar para casa.

Já chegando, num sobressalto, como se tivesse despertado de um profundo sono, ouve uma voz chamando o nome de sua Casa. Olha em volta e vê parado um automóvel e, junto do automóvel, uma dama ricamente vestida, perguntando aos passantes:

— Onde é a *Casa Paris*? Parece-me que a rua e o número estão certos – ela dá uma olhadela no cartão que tem nas mãos –, mas não estou vendo nenhuma *Casa Paris*.

Elikl como que renasceu.

— Dona Josefina! –, bradou em êxtase. – Por favor, *minha senhora*, por favor!

Elikl a introduz num grande quarto atulhado de camas, umas ao lado das outras, com cascas de bananas e laranjas em todos os cantos. Joga seu embrulho em cima de uma das camas e diz a Dona Josefina:

— É aqui a *Casa Paris* – e aponta com o dedo para sua cama.

Dona Josefina olha ao redor, procura com os olhos e explode num riso, acrescentando:

— Ah! Vocês, estrangeiros, são bem espertos...

— A senhora está me entendendo –, disse Elikl, começando a ficar mais animado –, essa *Casa Paris* é uma casa diferente, não como aquela da avenida larga, onde a gente paga apenas pelo luxo. Na minha Casa, a senhora só precisa fazer a encomenda pelas amostras; em seguida, eu faço a entrega na sua própria casa. A senhora já comprou comigo, sabe como é. Vendo barato, bem barato!

Dona Josefina faz com Elikl uma encomenda de diferentes peças e, feliz da vida, retorna ao automóvel. E, quando Dona Josefina já está do outro lado da porta, Elikl grita-lhe:

— Não esqueça, minha senhora; a *Casa Paris* é aqui, quinta cama *à direita*.– E, para si mesmo, acrescenta: "Graças a D'us, a *Casa Paris* de fato é uma firma...".

6

A ALTERNATIVA

Os diversos cenários de necessidade, aperto e miséria começaram a cansar seus olhos; as diferentes vozes que se faziam ouvir, com gritos de dor e desespero, perfuravam seus ouvidos; o clamor por ajuda, que lhe vinha de todos os lados, o expulsava de um canto para o outro e em lugar algum ele encontrava repouso. E começou a duvidar. Preocupava-se consigo mesmo, com os que o rodeavam e geralmente com o ideal a que se entregara com tanta fé.

Arthur Fischer era por natureza alguém muito tranqüilo. Ao ideal comunista, havia chegado por uma convicção resultante de sua sensibilidade. Ele acreditava que o verdadeiro caminho para o socialismo, em que os operários seriam remidos de suas desgraças e necessidades, aconteceria apenas através do marxismo. Poderiam então recuperar-se e usufruir plenamente de seu trabalho.

Isso não impedia Fischer de aproveitar a vida e de reunir uma boa freguesia mediante exploração complementar, insistindo com o cliente para juntar os mil-réis que lhe eram devidos sem querer ouvir desculpa. Para ele, isso significava viver, por enquanto, de acordo com a ordem existente. Não se incomodara tampouco de casar-se com uma bela moça pequeno-burguesa, que tocava piano e para quem, antes ainda do casamento, havia preparado uma bela e bem mobiliada moradia.

Na realidade, Fischer era ao mesmo tempo dois Fischers. Um na rua, entre seus colegas, e outro no *lugar*, isto é, no trabalho.

Deparando-se com Fischer no *lugar* e vendo como ele lida com seus fregueses do bairro operário, ninguém jamais acreditaria que se trata do mesmo Arthur Fischer, que pode ser encontrado no bar, entre amigos, pregando o marxismo e se colocando com tanta ênfase em defesa da classe operária.

E foi assim que Arthur Fischer viveu durante muitos anos e nada mais. Ele tanto pregava quanto vivia...

Mas o que vinha acontecendo com ele ultimamente?

De repente, ficara com aparência doentia e não se fazia entender. Muitas dúvidas tinham se enraizado nele, profundamente, não o deixando em paz. Havia perdido sua firmeza e, com ela, também a delicada relação no trato com sua família. Quando entrava em casa e via como sua jovem e bela mulher se enfeitava diante do espelho, portando um bonito traje de seda e pintando seus finos lábios; como seu filho, com um lindo terninho, se entretinha com seus brinquedos, ele ao mesmo tempo se alegrava e se afligia e palavras incompreensíveis saíam de sua boca.

Ele pegava o menino e o sentava em seu colo e com um afago na cabeça lhe perguntava:

— Iankele, o que você quer ser quando crescer?

— Eu... eu quero ser... operário.

— Por que operário?

— Quero ser útil à sociedade!

— Isso! –, e, pondo a criança no chão, recordava: "Eu mesmo lhe disse que, para ser útil à sociedade, a pessoa precisa trabalhar. O que é que eu estou fazendo? Eu também trabalho? Será que também sou útil à sociedade? Com o quê? Como não pensei nisso até agora? Um mundo com pessoas instadas a se curvar sob o jugo da exploração, e eu, um idealista que prega o socialismo, ajudando a pisá-los mais ainda. Como é que não enxerguei isso antes?".

E diante de Arthur Fischer se afigurou um conjunto de cenas, desde o primeiro dia em que pegou o pacote nas mãos. Como, por meio de diversos ardis, tinha granjeado um número considerável de fregueses no bairro operário e também como conseguira trair a confiança por eles depositada em sua pessoa, tratando-os sempre de modo condenável.

Eis que se lembra de chegar à casa de uma freguesa, encontrando-a de cama, alquebrada e gravemente enferma e, apesar disso, tirou seu cartão e lhe perguntou:

— Quanto você me pagará de sua dívida? No mês passado, você nada me deu.

E, quando ela lhe respondeu que não tinha nem para o remédio, ele se zangou e retrucou bruscamente:

— E daí? Eu por acaso tenho culpa disso? Também tenho meus compromissos!

Nem esperou mais qualquer resposta. Ao sair da casa, ouviu apenas os suspiros e gemidos que o acompanharam passo a passo.

E eis que se apresenta ante seus olhos uma senhora sofrida, enxugando as lágrimas e dirigindo-se a ele com voz chorosa:

— Ai, Arthur, uma desgraça me aconteceu! Meu marido, após tantos anos de trabalho, perdeu seu emprego na ferrovia Central. Que faremos agora? Que desgraça, que desgraça!

E o que foi que ele lhe respondeu? Exatamente o mesmo de antes – que o mais premido era ele; ele o mais necessitado!

Tais cenas e outras parecidas haviam começado a persegui-lo já fazia algum tempo.

Ele se comportava agora de modo mais gentil com seus fregueses; isso, porém, não aliviava sua consciência. Alguma coisa havia se desgastado nele, alguma coisa que o levara a perder a tranqüilidade. Só conseguia ver cenas desoladoras e horrendas à sua frente, cenas que o perseguiam de todos os modos. E isso o atormentava sem cessar.

— Não! –, exclamou quase gritando. – Assim não posso continuar.

Sua mulher assustou-se. Havia algum tempo percebia no seu Arthur uma grande mudança; ele tinha perdido a alegria habitual... Mas ela se encontrava muito ocupada consigo mesma para poder conversar com ele a esse respeito. Nesse dia, ela o observou atentamente, pois ele falava em voz alta. Apesar de não entender nada além de umas frases entrecortadas, ela reparou, por seus movimentos e pela mudança em sua expressão facial, que ele estava sofrendo muito por algo que lhe era difícil captar.

Aproximando-se de Arthur e pondo a mão em suas costas, perguntou-lhe suavemente:

— Arthur, diga-me, o que há com você? Está doente? Você aparenta tanta tristeza e está tão diferente que me sinto apavorada.

Arthur não respondeu diretamente a suas perguntas. Parecendo estar dominado por uma alucinação, falou como se para si próprio:

— Teu pescoço, branco como alabastro, provoca os homens parasitas que não têm o que fazer e vivem à custa da multidão.

A mulher estremeceu.

— Em teus dedos cintilam brilhantes, dos quais apenas um ponto é formado por dezenas de milhares de gotas de suor.

A mulher afastou-se dele, trêmula e assustada.

— Num fio de teu vestido de seda estão contidas milhares e milhares de lágrimas humanas, roladas durante o trabalho junto à máquina que o confeccionou.

Ela começou a chorar, tampando os ouvidos para não continuar a ouvi-lo.

— Tua voz, tanto quando fala como quando chora, é igual ao grito coletivo de milhares de mulheres e crianças oprimidas e escravizadas, que, quando suas forças vão se esvaindo, se torna suave e débil.

— Socorro! Ele enlouqueceu! –, lamentou-se a mulher em alta voz.

O filho se assustou também e começou a chorar, aproximando-se da mãe e abraçando-se a ela.

— Não! –, respondeu Arthur – Eu não enlouqueci! Só estou procurando uma saída para encontrar o meu eu! Será que não tenho direito a isso?

Então, avançou para perto da mulher e da criança e, pondo as mãos sobre suas cabeças, com voz comovida as consolou:

— Não chorem, não precisam chorar! É apenas uma questão momentânea, uma questão passageira que me preocupa. Mas está para ser solucionada, assim me parece. Estou perto de chegar a uma conclusão coerente que muito me alegrará – e penso que também a vocês.

A mulher levantou os olhos, molhados por lágrimas ainda quentes, e falou num tom suave e triste:

— Você está tão fechado em si mesmo, você luta com seu próprio eu sem nada compartilhar com ninguém. É por isso que sofre tanto e suas penas são tão fundas e dolorosas. Diga-me, o que há com você? Quem está mais próximo de você do que eu?

Arthur Fischer permaneceu em silêncio. Ele receava que seus lábios deixassem escapar seu segredo, temia que pudesse fracassar.

— Não me forces a falar, eu te peço. Que minha luta interior consiga livremente se desenvolver até o último e apropriado momento.

E nada mais disse.

Foi até a escrivaninha, ficou procurando, remexendo, até que finalmente meteu algo no bolso do paletó e saiu de casa. Chegou à esquina da rua São Pompeu com a João Ricardo. Entrou num bar.

Por fora, dava a impressão de uma pessoa desorientada, cujo cérebro não estava em ordem. Na verdade, encontrava-se absolutamente calmo e decidido a levar seu intento até o final.

Lentamente, sorvia seu cafezinho e, com respiração pesada, fumava seu cigarro. Ele observou uma *baiana* sentada do outro lado da calçada, ao lado de um fogareiro a carvão, no qual assava um *beiju de tapioca*, que vendia a 1 tostão cada.

Ficou sentado no café por muito tempo. Isso sucedeu num sábado, quando o movimento na rua era bem maior do que nos dias comuns – e ele, de longe, reparou que a *baiana* tinha conseguido vender apenas quatro *beijus*.

Calculou que, se ela ficasse sentada assim o dia inteiro, colocando *beijus* no fogareiro a carvão, de um em um, mal lhe sobraria o suficiente para o sustento da alma. Casualmente, ela era sua freguesa, de quem ele costumava reclamar quando os 5 mil-réis não estavam preparados para pagar a mensalidade do vestido de algodão sem pregas que ela estava usando.

E assim, enquanto observava a *baiana*, brotaram em sua mente outras cenas do pobre quarteirão onde ele trabalhava. Estava tão compenetrado em seus pensamentos que nem percebeu que ao seu lado havia um velho negro com a mão estendida, silenciosamente a pedir-lhe uma esmola. Este, vendo que não era observado, puxou-o pela manga. Ao virar-se, Arthur logo se deu conta de que o pedinte também era um de seus fregueses. Estremeceu. E novamente, com mais força, irromperam em seu cérebro outros milhares de quadros de necessidades, apertos e miséria. Isso durou apenas um instante. A decisão estava tomada. Rapidamente, tirou do bolso do paletó o monte de fichas, procurou e encontrou a conta dele. Agilmente, virou-se para o *velho* e lhe disse de pronto:

— Pegue isso, João, leve. Você já não me deve nada. Mais nada!

Apressadamente, saiu do bar e procurou a conta da *baiana*

— Dona Sebastiana, pegue o seu cartão, sua dívida está saldada – e foi-se de súbito, como se alguém o estivesse perseguindo.

Sentiu um alívio na alma. Então, levados pelo vento, começaram a voar pedaços de cartões rasgados, recibos com muitos números e contas já amarelados e desbotados. E, a cada pedaço de papel que caía ao chão, caía também de sua alma uma pedra, uma após a outra, aliviando sua respiração. Sua alma ficou tão leve que uma pequena canção começou a brotar. Um canto humano de elevação espiritual e de comunhão fraternal.

Quando retornou à casa, irrompeu nele uma alegre e contagiante gargalhada:

– Ha!, ha!, ha!, minha querida e doce mulherzinha! Meu precioso e amado filhinho! Eu encontrei, encontrei a verdadeira saída! Ah! Como estou me sentindo bem! Como? Não há ninguém em casa? Todos se foram? Tudo bem! Vocês vão voltar! Ah, vocês voltarão ! Acaso teriam outra alternativa?

7

O PEQUENO MASCATE

O pequeno Leibele tem agora 11 anos. Encontra-se no Brasil há um ano apenas e já fala fluentemente o português. Ele se mostra orgulhoso e já se considera um homem feito. Sempre tem consigo algumas moedas e à tarde, quando se encontra com seus amigos brasileiros, tira do bolso seu dinheirinho e o faz tilintar, jogando as moedas de uma para outra mão... Os amiguinhos brasileiros lançam olhares em sua direção e o ficam observando com rancor infantil. Às vezes, Leibele compra alguma coisa, por alguns tostões, *doces* quando passa por algum *doceiro*, ou às vezes um *sorvete* quando cruza com um *sorveteiro*. Mas ele nunca se esquece de seus amigos; por isso mesmo, todos gostam muito dele e acabam desculpando-o por ele ter aquelas moedinhas e fazê-las tilintar na cara deles...

Crianças, porém, têm o hábito de não prolongar em demasia suas amizades, havendo de tempos em tempos alguma briga e em seguida as pazes. Apenas isso já é, por si, um passatempo.

Uma coisa, porém, Leibele não podia entender – e era a razão por que seus amiguinhos brasileiros, quando brigam com ele, o chamam de *russo* e de *prestamista*. Saber ele bem sabe que é um menino judeu, e, portanto, não pode ser chamado de *russo*; e também sabe que *prestamista* é o nome dado a quem vende a prestação. Ele, Leibele, de fato sai com um pacote pelas ruas vendendo a prestação. E daí? É isso alguma vergonha? Sabe que trabalhar não é uma vergonha! Quando sua mãe vai até a porta da rua de manhã cedo, acompanhando-o já com o pacote de mercadorias na mão, ela sempre lhe diz:

– Vá, filhinho meu, vá, faça negócios; trabalhar não é vergonha.

Ele tampouco entendia por que, todos os dias, ela lhe repetia a mesma coisa: "Faça negócios", "Trabalhar não é vergonha". E, quando ouve seus amigos chamá-lo de *prestamista*, logo Leibele se lembra da bênção diária de sua mãe e chega à conclusão que ela tem razão. Trabalhar não é vergonha nenhuma.

Quando Leibele fica brincando muito tempo na rua, ouve sua mãe chamá-lo para entrar em casa e ela lhe diz:

— Leibele, vá dormir, já está na hora. Amanhã, se D'us quiser, você sairá um pouco mais cedo para poder voltar mais cedo... o calor está queimando como no inferno... é duro, muito duro, ficar andando por aí afora.

Seu pai não está nada satisfeito que seu filho de apenas 11 anos ande pelas ruas carregando um pacote.

— As pessoas – diz ele – têm inveja e se intrometem: "Ainda é uma criança"... "Ainda precisa estudar"...

A mãe, porém, não se impressiona com o que o pai fica falando. Ela diz que aos comerciantes agrada muito o fato de Leibele ajudar seu pai, isso é um sinal de saber economizar, de não gastar com vendedores estranhos, e é um aval para ter um bom crédito... Ela espera com isso ganhar a confiança dos comerciantes; o Brasil é deles!... Ai, o quê? Uma criança estudar? Bobagem! Belas escolas há no Brasil, nelas a pessoa aprende muito, perde longos anos e no fim, torna-se *goi*... nem pra D'us e nem pra gente...

O pai acompanha tudo suspirando e com verdadeiro amor paternal. Ao mesmo tempo, não se esquece de preparar o embrulho para seu Leibele e, cada tarde, ele seleciona artigo por artigo, alisa-os e os coloca em ordem. Nesse ínterim, aconselha-se com sua mulher sobre o que é mais adequado colocar no pacote, qual mercadoria será mais fácil vender. Que ele, Leibele, não precise se desgastar convencendo os clientes.

Pela manhã, quando Leibele acorda, seu café-com-leite já está pronto e as finas rodelas de pão com manteiga, arrumadas em seu prato. Leibele senta-se à mesa – junto com seu pai – bebe um copo cheio de café-com-leite e mastiga alguns pedaços de pão com manteiga. E a mãe, que não saiu de perto da mesa, aproxima dele o pratinho com as fatias de pão com manteiga, acrescentando:

— Será que você tomaria um ovinho, filhinho querido? O dia inteiro você passa sem comer nada!

— Não, mamãe –, responde Leibele, como se já fosse adulto – entrarei num bar e comerei alguma coisa; agora, não quero mais nada!

Leibele pega seu embrulho com a mercadoria e sai animadamente de casa. A mãe o acompanha por alguns passos com seus votos:

— Vá, filhinho meu, faça negócios; trabalhar não é nenhuma vergonha, é o que auguro a todos os que me são caros, D'us Nosso Todo Poderoso!

Do trabalho, Leibele sempre volta para casa mais cedo que seu pai, porque não cobra os fregueses. Ele os passa ao seu pai, e pronto!

Quando volta para casa tendo conseguido dois ou três fregueses, seu rosto irradia felicidade e, ainda da soleira da porta, ele dá a sua mãe a notícia sobre o bom negócio que fez hoje. Mas sua mãe está mais interessada em que Leibele antes vá se lavar e trocar a roupa, vestindo uma limpa, para só então contar-lhe suas proezas... E ela se dirige a ele, dizendo:

— Veja, meu filhinho, como você está suado! Eis aqui uma bacia com água... enquanto isso, eu preparo uma roupa limpa.

E entrementes não pára de falar, estando curiosa para saber quanto, hoje, Leibele ganhou. E Leibele, de fato, conta tudo a ela enquanto se lava. Como trabalhou naquele dia... Como conseguiu persuadir alguns fregueses a permitir que ele entrasse em suas casas... E o principal era que ele tinha trazido para casa duas notas de 10 mil-réis como *entrada*. A mãe, não cabendo em si de satisfação, lhe diz com expressão séria:

— Se D'us quiser, você será grande, filhinho meu, um grande *clientelchik*... você vai ver... E eu tenho confiança em D'us que você vai ter uma grande loja de móveis na *Praça Onze*. Você vai ver, meu filhinho, e então dirá: "Minha mãe já me havia anunciado isso". Meus inimigos explodirão de raiva olhando para você... Você verá, você vai ver, filhinho meu.

Um pouco mais tarde, chega o pai, e todos juntos se sentam ao redor da mesa para comer. E trata-se de um tipo de almoço que é ao mesmo tempo um jantar – um *jantarado*. E aí Leibele começa a contar ao pai como trabalhou, como conseguiu se introduzir na casa dos fregueses e que valiosos clientes ele tinha conseguido *fazer*. A mãe não pára de elogiar seu Leibele para o pai... que ele é obediente, bom, e por isso D'us o ajudará... que ele será grande, um grande *clientelchik*... O pai resmunga, porém, e murmura:

— Fregueses... fregueses e caloteiros... Também, lá isso é negócio? Mas paciência, o que é que se pode fazer?

Depois do jantar, o pai retira da escrivaninha um grande livro, prepara tinta e caneta e diz para Leibele:

— Vamos, filhinho, vamos ver o que foi que você conseguiu hoje...

E isso entristece a mãe, pois ele está fazendo pouco do filho.

— Como é possível? – diz ela. – Se a criança está conseguindo *fazer* clientes preciosos, com os quais se pode trabalhar, não são caloteiros... D'us nos guarde!

Nesse ínterim, Leibele tira do bolso do paletó um pequeno caderno, folheia e encontra escritos os últimos pagamentos. Ele lê e seu pai anota:

— Um corte...

— Você sabe de que tipo?

— Desses novos, modernos, anote 35 mil-réis. Rua da Glória, número 510.

— Ah... O quê? O quê? Espere um pouco! Número, número... Parece-me que é um caloteiro!

O pai tamborila com o dedo em sua testa. A mãe, que não se afasta da mesa, fica um tanto séria e pergunta, curiosa:

— O quê? Trata-se realmente de um caloteiro? – e logo complementa – E daí? Às vezes acontece!

Leibele não se deixa vencer, argumenta com o pai, querendo convencê-lo de que essa freguesa é excelente:

— Tomara que ela continue comprando tanto!

— Vá em frente, vá em frente – o pai o apressa num tom baixo, mas impaciente. – Então, pronto. Está bem, está bem!

— Uma peça de morim –, Leibele continua a ditar com ênfase. – São 42 mil-réis. Ah!, adivinhe de quem eu ganhei isso? Você conhece esse freguês...

— Certamente é algum cliente muito especial que você conseguiu –, sorri a mãe com alegria. – Já, já, ele vai te surpreender com alguma coisa.

— Diga logo, diga! –, o pai se zanga um pouco.

— Escreva! –, diz Leibele quase gritando, num tom meio-imperativo, meio-educado – A Dona Maria do Carmo. Rua...

— Ah!, sim! –, o pai interrompe sua fala. – Excelente freguesa... uma bela porcaria, isso sim! Conheço essa freguesa... Bom, tentaremos algum modo de não perder dinheiro.

Leibele joga as duas notas de 10 mil-réis sobre a mesa e sai, saltitando sobre um pé só, em direção à rua. A mãe, aproxima-se do pai e lhe diz com certa expressão envolta em mistério:

— Você verá, nosso Leibele ainda vai ser grande, um grande *clientelchik*, e será proprietário de uma grande loja de móveis lá na *Praça Onze*. Você verá e dirá que eu bem que tinha prevenido!

8

NACHMAN

Quando Nachman entrou, com seu pesado pacote de mercadorias sobre o ombro, estava completamente empapado de suor. Em seu rosto, podiam-se ver manchas escuras de poeira e suor misturados. Movimentando-se com dificuldade, ele jogou seu fardo ao chão e lançou um suspiro pesado, profundo, que não fazia jus a sua figura pequena e magra.

Nachman, com seu corpo diminuto, levando o pacote de mercadorias sobre o ombro, parecia carregar todo o peso das dificuldades econômicas dos judeus.

E assim ele caminhava, meio-morto, indo de rua em rua e se esquecendo por vezes de que deveria bater em alguma porta para do embrulho poder tirar algum proveito.

Nachman pertencia à categoria dos poucos mascates que não se destacavam no ramo do comércio ambulante, e isso lhe trazia desconforto em sua vida familiar. Já se passara o dia, que mais parecia um ano. O sol, que queimava impiedosamente, extraía dele pouco a pouco a força vital. Ele sentia um cansaço enorme nos joelhos, que se dobravam e tremiam a cada passo, sem saber para onde ia e com qual objetivo andava.

E caminhando desse modo, exangue, vê em sua imaginação passar o corpo pesado do sócio de sua mulher e como seus cinzentos olhos felinos o espreitam. Parece-lhe que neles entrevê um sorriso cínico. Que tipo de criatura é essa? Por que você tanto o mantém em sua mente? E qual a relação dele com a sua Chavele? Então, movido por um estranho sentimento, voltou rapidamente para casa.

Quando largou o pacote, deu um profundo suspiro, sentiu um alívio em sua alma. O suor que lhe caía ininterruptamente da cabeça à ponta dos dedos, também molhou seus olhos. Sentiu uma coisa salgada ardendo entre seus cílios e, não conseguindo enxergar o que acontecia ao seu redor, não tinha reparado que sua Chavele estava sentada diante da escrivaninha e do livro de contabilidade, e atrás de seus ombros estava seu sócio, um homem alto com um corpo avantajado, lábios grossos e dois olhos de mormaço, que expressavam cobiça e certa dose de audácia. Estava mostrando para Chavele alguma coisa no livro, tocando sua mão, que segurava na dele havia algum tempo. Esse contato os provocou, como a dois elementos químicos que se combinam prazerosamente. O lindo corpo de Chavele teve um estremecimento convulsivo, e ela retirou sua mão da dele e deu um delicado suspiro ao ver como seu Nachman, cansado e alquebrado, os observava, imóvel como um semimorto.

— Você está muito cansado? –, perguntou ela e se levantou da cadeira, ficando parada com as costas voltadas para o sócio. Seu rosto parecia um tanto corado e uma contração de tristeza surgiu nos cantos de seus lábios.

— Quente, terrivelmente quente –, Nachman conseguiu dizer e encontrou os olhos do sócio de sua mulher, uma cabeça mais alto do que ela, reparando como seus olhos piscavam de modo estranho. Ambos se entreolharam em silêncio. Até que finalmente o sócio falou duro e de forma autoritária:

— Então, ganhou alguma coisa? – Estamos fazendo as contas e queremos registrar o que você ganhou hoje.

Nachman, ouvindo sua voz imperiosa, sentiu-se ainda menor do que era na verdade. Seu rosto magro e pálido, toda a sua figura adquiriu a aparência de um rapazinho seco e doentio. E, gaguejando com dificuldade, conseguiu soltar as palavras:

— Quente, quente!... Na verdade, nada!... Ninguém responde!... Calor imenso!... Ninguém quer abrir as portas! Quente, terrivelmente quente!

Ele tirou do bolso seu lenço imundo e começou a limpar as grandes gotas de suor que correm de seu rosto e que, repentinamente, de uma só vez, esfriaram como gelo. Chavele virou-se para seu sócio e lançou-lhe um olhar sofrido. E novamente seus lindos olhos azuis acarinharam seu Nachman, que sentiu seu olhar suave e observou seu rosto embranquecido.

— O que há com você, Chavele? –, ele lhe perguntou num tom abafado, você está tão pálida... não está se sentindo bem?

— Não, eu não tenho nada! Vá, Nachman, vá, vá se lavar e vestir uma roupa limpa. Ah!, não sei como você agüenta andar num calor tão intenso assim! Vá, vá se lavar e se sentirá mais refrescado. Enquanto isso, vou preparar alguma coisa para você comer.

Bonito e limpo, depois de um banho de chuveiro, Nachman entrou na sala de jantar. Sua aparência estava bem diferente. Parecia um jovem da elite, como aqueles que eram vistos no velho lar, ocupando posição de destaque em seu ambiente familiar. Nachman pertencia ao tipo de jovens cujos olhos, profundos e grandes – agora exibindo uma expressão de tristeza –, no passado, em sua cidade natal, iluminavam com a sagrada *Torá* os corações inflamados de centenas de jovens que entravam em contato com ele.

Ao entrar na sala de refeições, Nachman já encontrou sua Chavele sentada à mesa. Seu rosto parecia pálido e preocupado. Aqui e acolá, sobre suas bochechas, se mostravam manchas avermelhadas como se causadas por uma febre. Os olhos, que apresentavam leves círculos azuis ao seu redor, ela os mantinha cerrados, e deles corriam lágrimas de sofrimento, que cintilavam sob seus cílios. Ele, notando o que se passava, lhe perguntou:

— O que se passa com você, Chavele? O que lhe aconteceu?

Sua voz suave e sofrida tremia. Ele tocou em suas mãos, que ela mantinha junto ao coração e perguntou:

— Por que está assim calada? Alguma coisa lhe dói?

Nesse momento, ele se lembrou do sócio, e suas mãos largaram frouxamente as dela. Chavele levantou seus lindos olhos azuis e preocupou-se em procurar acalmá-lo:

— Não tenho nada, Nachman, absolutamente nada! Nada mais do que um pouquinho de dor de cabeça, nada mais!

Nachman teve vontade de lhe dizer alguma coisa: "Para que serve a ela ter um sócio como esse brutamontes?". Alguma coisa o fazia sentir que ele faria mal a sua Chavele, que algo iria acontecer. Então, lembrou-se de como esse homem viera oferecer a Chavele uma sociedade em roupas femininas, de como sorria de modo estranho e de como prometia a ela mundos e fundos. E, para Nachman, isso passou a ser uma grave preocupação. Ele sempre perguntava a Chavele:

— Para que lhe serve ter sociedade com essa pessoa? Alguma coisa nele me desagrada!

Com uma voz de mãe que quer tranqüilizar seus filhos, ela o consolava e o convencia de como era necessária essa sociedade:

— Não esqueça, Nachman, que nós já temos dois filhos crescidos, temos que educá-los para serem alguma coisa na vida, e você não está habituado a esse trabalho de bater de porta em porta. Até quando vamos ficar penando? –, assim argumentava Chavele.

E o que ele poderia lhe responder? Silenciosamente concordava com ela.

— Mas você está com aparência tão triste –, ele conseguiu lhe dizer, e um pensamento desagradável perpassou seu cérebro.

Então, ela envolveu suas mãos nas dele e as aproximou com força de si. Chavele deixou escapar um suspiro, chorando silenciosamente. Seus seios fartos e lindos tremiam convulsivamente, e, de seus grandes olhos azuis, caíam lágrimas sobre as mãos de Nachman, que de modo algum atinava por que sua Chavele chorava e o que se passava com ela. Ela, emudecida, entrou no quarto de dormir.

Só, Nachman ficou sentado à mesa. Diante de seus olhos, as coisas pareciam se confundir numa espécie de dança. E sua cabeça zumbia e rugia como um moinho. Subitamente, ele se viu em sua pequena cidade natal, sentiu como a vida fluía idilicamente ao seu redor. Ele vê sua Chava, uma loira alta e delgada, com marcantes olhos azuis, cuidando dos afazeres de casa, tudo se tornando branco... é sexta-feira, a casa está limpa e bonita a ponto de alguém poder se espelhar em cada cantinho. Logo mais, Chavele acenderá as velas do *shabat* nos belos castiçais de prata, dizendo a oração "Bendito és Tu"... e sua voz se derrama cada vez mais ampla, cada vez mais alta, até atingir os céus, e pequeninos anjos dançam em volta e acompanham, cantando: "Que seja Tua vontade...".

Porém, repentinamente, surge um vento apavorante e tempestuoso, uma coluna de poeira eleva-se ao céu, na qual milhares de demônios e espíritos se entrelaçam... Os anjinhos se assustam e se dispersam... Os demônios e os espíritos, com suas unhas pontiagudas, agarram sua Chavele e a levam através de florestas e campos desérticos, montanhas e vales... os cabelos desgrenhados, seus lindos seios arredondados se projetando através das roupas rasgadas, seu rosto expressando medo, pavor, dor e selvageria. Seus gritos? É, é sua voz! Nachman, angustiado, deu um salto da cadeira, correu para o quarto de sua Chavele e, desfalecendo, caiu na soleira da porta.

No segundo dia dos acontecimentos acima lembrados, um domingo, as lojas estavam fechadas. Nachman, devido ao domingo, fizera um pacote menor, encaminhando-se para a rua. Quando já se encontrava à porta para sair, o sócio de sua mulher, que naquele dia havia chegado um pouco mais cedo para arrumar a loja e pôr ordem na mercadoria, chamou-o e deu-lhe alguns cartões:

— Aqui tem alguns cartões. Quando você terminar seu trabalho, vá resgatar esses débitos.

Nachman nada lhe respondeu, apenas levantou os olhos em direção ao sócio e os fixou atentamente.

Calado, exausto devido a uma noite maldormida, Nachman ganhou a rua abatido, sem qualquer vontade de trabalhar. Em sua cabeça, ainda permaneciam os confusos acontecimentos do dia anterior e os efeitos da noite passada em claro, por ele e sua Chava, sem que dirigissem uma única palavra um ao outro.

Para ele – a idéia veio-lhe subitamente – a intranqüilidade de Chavele tinha algo a ver com o sócio, que o incomodava com seu sorriso atrevido e seu livre relacionamento com sua Chavele. Porém, sua natureza afável o impedia de fazer alguma investigação e tampouco podia aconselhar-se com alguém sobre isso. A simples idéia de que sua Chavele poderia ter alguma relação com seu sócio já bastava para ele se sentir indigno – sem qualquer razão, ele estava suspeitando de sua mulher, com a qual vive há dez anos. Sua suspeita não tem nenhum fundamento. Isso não é mais do que cordialidade e uma postura amistosa de sua parte.

Nachman não sabia como tal coisa poderia ocorrer a um homem e nem como isso era possível. Sua nobre natureza não tinha idéia da desenfreada imoralidade que reina nos novos países de imigração. Ele não sabia, nem havia pensado a esse respeito. Sua estada no Brasil, já há dez anos, nada lhe ensinara. Ao contrário: dia após dia, ele costumava ficar melancólico e uma contínua saudade apertava seu peito. Sempre sonhador, pensava em seu longínquo *shtetl*, lá do outro lado do mar, onde as pessoas se entendem com um simples olhar, sentem o sofrimento umas das outras, alegram-se com a felicidade de alguém. Lá, onde o sussurrar de uma singela melodia sem palavras era a linguagem emotiva e musical com a qual todos se entendiam. Mas o ocorrido ultimamente com sua Chavele, que o deixara enfermo e entristecido, e também o sócio dela, que lhe havia causado infindos sofrimentos, acabaram por abater sua coragem, levando-o a se fechar mais e mais em si mesmo.

Com nervosa teimosia, ele caminhava vagarosa e mecanicamente pelas ruas imundas da periferia, nas quais a poeira e poças d'água dispersas sob o sol exalavam um forte odor. O ar era pesado como chumbo. Por vezes, o sol se escondia sob uma nuvem escura para se mostrar novamente com sua força abrasadora. De repente, ouviu-se o assustador estrondo de um trovão, acompanhado de uma chuva tempestuosa, que desabou sobre o solo. Nachman, por causa do estrondo do trovão, acordou como de um sono profundo. De início, não sabia onde se encontrava. Ao seu redor, tudo lhe parecia estranho. Sentia que o pacote sob seu braço se tornara mais pesado devido à chuva e que ele mesmo estava todo encharcado. Entrou no bar mais próximo e esperou pacientemente que a chuva passasse. Teve a impressão de que algo estava acontecendo em sua casa. Tinha necessidade de correr para lá imediatamente. Mas por que tremia tanto? Foi nesse momento que sentiu a influência dessa chuva sobre ele – seu coração havia disparado e seus dentes rangiam sem parar.

Dos grandes e grossos pingos de chuva que caíam impetuosamente sobre a calçada de pedra, emergiu a figura do sócio de sua mulher. Encharcado, com as roupas totalmente coladas ao corpo e os cabelos caídos sobre a testa, cobrindo-lhe os olhos, ele perseguia algo não bem definido. Então, ele pegou uma pessoa com sua mão grossa e, causando-lhe muitas dores, a apertou até o ponto de transfigurar seu rosto. A pobre criatura escapuliu de sua mão. Nesse instante, Nachman reconheceu sua Chavele, que para ele ia crescendo, crescendo, até chegar ao seu tamanho natural. Parecia que ela se afogava nas ondas do mar sem fim. Repentinamente, ele deu um salto e saiu para a rua.

A loja que pertencia a sua Chavele e ao sócio dela tinha duas portas nos fundos. Uma porta levava ao quarto de dormir e estava constantemente fechada. Em continuação ao quarto, encontravam-se a sala de refeições e a seguir a cozinha. Depois, vinha o banheiro. Deste para os demais quartos, passava-se obrigatoriamente por um longo *corredor*; toda a casa se assemelhava a um hífen. A segunda porta da loja levava diretamente ao pátio. Quando essa porta se encontrava aberta, podia-se ver tudo o que se passava nos quartos, mas somente se as portas estivessem abertas.

Como nesse dia a loja estava fechada, o sócio abriu a porta dos fundos que levava ao pátio. Sempre encontrava algo por fazer no pátio. Chavele saiu do banheiro vestida com roupão e chinelos nos pés; o roupão apertado acentuava seu corpo macio e trêmulo. Quando saiu do banheiro, Chavele viu seu sócio, sorriu levemente e baixou a cabeça. Ela sentiu o olhar dele sobre seu corpo, como se o tivesse tocado. Uma sensação de desejo doloroso a envolveu, sabendo que dessa vez não conseguiria resistir à tentação.

— Bom-dia, Chavele! Por que tão cedo? –, a voz dele tremia de um modo estranho.

O corpo macio e desnudo de Chavele sob o roupão de banho, ao começar a se aprumar, o deixou inteiramente descontrolado, como se estivesse bêbado. Ele se aproximou dela:

— A água hoje estava fria? Com toda a certeza estava... o dia está tão feio!

— Não! –, Chavele lhe respondeu, não conseguindo resistir ao olhar penetrante que dela não se desviava – Não tão fria! De início, senti um frio cortante, até dei um grito, mas depois comecei a sentir calor, como se estivesse numa sauna.

Seu rosto estava todo corado; ela levantou os olhos e imediatamente os abaixou. De repente, soergueu a cabeça e olhando-o fixamente apressou-se a dizer:

— Ontem, mandei meus filhos para Petrópolis, para que eles tivessem um pouco de lazer. E rapidamente ela se virou como um remoinho e entrou na sala de jantar.

O sócio a seguiu, pegou-a pela cintura e murmurou baixinho:

— Chavele, Chavele –, sua voz vibrava como uma grossa corda musical – hoje você não me escapará...

Ela deitou a cabeça em seu ombro e, sem forças, abraçou-se a ele. Em um movimento súbito, afastou-se e se enroscou em uma cadeira. Seu roupão abriu-se e deixou à mostra dois seios arredondados e belos, que se moviam para cima e para baixo, plenos de desejo... Ele, o sócio, ainda mais excitado, correu para ela, pegou-a e colou seus lábios grossos e carnudos aos seios dela, sumindo no quarto de dormir, de onde se ouvia a voz baixa e lúbrica de Chavele, abafada pelas trovoadas:

— Deixe-me... deixe-me...

Mas por que ele não consegue abrir a porta? Parecia que ela estava fechada com centenas de ferrolhos. Transpirava um suor frio. Suas mãos tremiam com força e ele não conseguia de forma alguma enfiar a chave na fechadura. Então, a porta se abriu de uma vez e ele viu o sócio de sua mulher parado a sua frente com os cabelos emaranhados. O lábio inferior sorria com sarcasmo, e os olhos faiscavam selvagemente:

— Não aconteceu! Nada aconteceu! Que mulher nervosa o senhor tem... Creio que ela não está bem, a sua mulher... Não é nada, nada!

Nachman olhou com suspeita diretamente em seus olhos, querendo extrair deles a verdade, mas sentiu que desse modo estaria ofendendo sua Chavele. Então, deixou-o ali parado e saiu da loja. O sócio o observou com olhar zombeteiro, pôs o chapéu e saiu à rua, trancando a porta atrás de si.

Chavele sentiu a presença de Nachman e, com as mãos trêmulas, procurou alguma coisa para fazer, a fim de espantar seu nervosismo. Reordenou suas peças de maquiagem, passou pó no rosto, ajeitou os cabelos, a blusa e novamente voltou a se ocupar com o banheiro. Suas mãos tremiam tanto que deixou cair um vidrinho de perfume.

— Não tem importância, não se incomode com isso! –, disse Nachman com voz trêmula. – Para que atarefar-se se... se você não se sente bem?

Ele observou o rosto com manchas vermelhas, que ela tentava ocultar. Notou seus olhos, que revelavam a um tempo satisfação e arrependimento. Também notou nela a irritação, que sobrevêm após a consumação do desejo. Tudo viu e entendeu. Porém, perguntou-lhe como estava cuidando de sua saúde e por que estava tão irritada...

Sem esperar resposta, saiu imediatamente de casa. Chavele não o impediu. Ele se refugiou em um canto, humilhado e afundado em pensamentos. Nessa tarde, Chavele não mais saiu de casa.

A noite caiu rapidamente, sem que se percebesse o momento do crepúsculo. O céu estava coberto com um teto de nuvens carregadas e cinzentas. A noite parecia mais escura que de hábito; a intervalos de tempo, via-se um fino raio cortando os olhos com seu brilho, clareando por um instante o pátio, que logo ficava envolto na escuridão. Trovões com estrondos selvagens se faziam ouvir em algum lugar ao longe. Nachman, em um estado de inconsciência, permanecia sentado e olhava para a escuridão sem fim. O tempo se arrastava regularmente. O relógio da cidade badalou meia-noite; de vários cantos, podia-se ouvir o cantar dos galos; os trovões e os relâmpagos se intensificaram; de longe, ouvia-se o amedrontador miar dos gatos, que pulavam de um telhado para o outro.

O que ocorreu durante a noite?

De quem a vida foi cortada impiedosamente, desaparecendo do inapreensível mundo da existência?

Uma vida!

Uma vida que não pôde encontrar aperfeiçoamento para sua existência; uma vida que não se adaptara às condições. E, assim como vivera silenciosamente, em silêncio sua alma partiu.

9

CARIDADE

Quando Shmirie chegou perto da *Sociedade de Ajuda aos Necessitados*, parou diante das escadas e ficou na dúvida se entrava ou não. Não se sentiu muito seguro. Como ele, Shmirie, um antigo morador do Rio de Janeiro, que sempre havia colaborado com todas as demais instituições existentes, que tem um nome na *praça*, de repente sobe para pedir ajuda? Ele sabe que lá irá encontrar conhecidos e, possivelmente, seus credores. O que poderia acontecer então? O que iriam pensar dele? Como isso poderia influenciar o limitado crédito que ainda lhe restara?

Ele até dispensaria a ajuda, mas sabe que tem negócios com credores muito severos e que nada os deteria até receberem o deles.

Shmirie se apavorava com a idéia de que poderiam tomar-lhe o pouco que lhe restara de suas posses, pelas quais havia trabalhado durante tantos anos. Hoje, sua família... seus filhos já crescidos... como isso poderia refletir sobre eles?

Encheu-se de coragem e, com passos incertos, subiu os degraus. A porta da secretaria estava entreaberta. Como se através de uma densa neblina, viu o caixa sentado, contando maços de cédulas, enquanto um judeu barbado diz-lhe algo ao ouvido com um tom melódico da *Guemará*. Reparou também em dois jovens encurvados sobre livros-caixa.

Shmirie conhecia todos eles.

"Só gente conhecida", Shmirie pensou. Mas não tinha mais tempo para ficar pensando, porque o judeu barbado o avistou e o convidou a entrar.

— Senta-te, Shmirie! Que andas fazendo? Como estão teus negócios? Já não te vejo há muito tempo!

O caixa, sem tirar os olhos dos maços de dinheiro, lhe disse:

— Senhor Shmirie, o senhor pode colocar 50 mil-réis na *Sociedade de Ajuda aos Necessitados*? Certamente, o ano continuará sendo bom para o senhor. Por que, afinal, o senhor não se torna sócio?

— Ele está certo –, disse o judeu barbado, apoiando.

Ele aproximou um dedo da testa, um gesto para reforçar a boa idéia do caixa, começou a se balançar e, cantarolando acrescentou:

— Aqui entre nós, você me entende, é tudo digno de confiança. Aqui se encontram somente pessoas honestas. Parece que o senhor nos conhece muito bem. O senhor está me ouvindo? A necessidade é muito grande! O senhor pode entender que muita ajuda tem que ser adiada de uma semana para a outra. Estamos vivendo uma época assim no Brasil! Mas paciência, o que podemos fazer?

Shmirie permaneceu sentado, extremamente constrangido. O sangue lhe subiu repentinamente ao rosto. Ele sentiu que sufocava. "Que fazer? O que fazer?", ficou repetindo, ensimesmado. De súbito, lembrou-se de ter estado em igual situação quando criança. Lembrava-se muito bem.

Era manhã de sexta-feira. Seu pai não tinha ganhado nem uma moeda para a família passar o *shabat*. Então, embrulhou os castiçais, os castiçais do *shabat*, e disse:

— Shmiriezinho, vem comigo, D'us vai nos ajudar!

Ambos dirigiram-se ao ricaço do vilarejo. Ele morava no centro da praça do mercado, numa casa enorme. Era o agiota da cidade.

Ele se lembra claramente de que, ao chegaram perto da casa, o pai se deteve e por muito tempo meditou se deveria entrar ou não. Deu para notar no semblante dele.

Finalmente o pai entrou, com Shmirie atrás.

A casa onde o ricaço morava era muito grande, clara e em todos os cantos tudo brilhava. Sobre o chão, estavam espalhados tapetes aveludados, sobre os quais brincavam duas crianças pequenas – os netos do ricaço.

Quando eles entraram, o *velho* estava rezando. Ele andava pelo cômodo, enrolado num robe de seda, e não parava de gemer e se lamentar. Sem se interromper, apontou uma cadeira para eles se sentarem. O pai tomou assento respeitosamente, e ele, Shmirie, não conseguindo ficar parado sem nada fazer, logo se aproximou dos meninos, com eles travando amizade. Não adiantou o olhar zangado do pai, que queria dizer "Tenha modos Shmiriezinho, respeite o ricaço da cidade!".

Ele não sabia ao certo o que o pai falava com o ricaço; só conseguia ouvir algumas palavras entrecortadas e ver que o *velho* não parava de se lamentar:

— Oi!, não podemos, senhor Chaim, não podemos! Tempos difíceis, não há por que, não vale, honestamente não vale... Oi, oi, oi! Que época estamos passando.

Viu também como seu pai estava parado e submisso, com lábios que mal conseguindo pronunciar:

— Senhor Moshe, oi, senhor Moshe! Tenha piedade! D'us o ajudará, Ele lhe dará em dobro. Nós somos judeus... *shabat*... pouca coisa... *shabat*!

Shmirie viu o rosto contorcido de seu pai, olhou para os grandes castiçais do *shabat*, que jaziam abandonados como órfãos, e um sentimento de pena o envolveu, pena de seu pai e dos castiçais do *shabat*. Sentiu que o velho Moshe, o ricaço da cidade, com seus cachos, suas *peiot* encaracoladas, enrolado em seu robe de seda, com essa casa toda rica, era a causa dos sofrimentos de seu pai.

De repente, as duas criancinhas, netas do ricaço, começaram a rir em voz alta:

— Oi, vovô, olha só, dê uma olhada – e apontaram Shmirie – a calça dele está remendada! Ai! Ai! Ai!

Shmirie lembra-se perfeitamente de tudo. Para si mesmo, ele disse: "É, é o mesmo remendo!".

Os dois jovens, que estavam encurvados sobre os livros-caixa, deram uma gostosa gargalhada:

— Está sonhando, senhor Shmirie? Que remendo?

— Sabe o quê? –, o velho barbado os interrompe. – Pague os 50 em parcelas. Por ora, pague os primeiros 10 mil-réis. Tudo isso é para os pobres, senhor Shmirie, tudo para os pobres!

Shmirie pagou 10 mil-réis.

Lentamente, saiu do escritório e ficou repetindo para si: "É tudo o mesmo remendo! O mesmo remendo. Apenas um pouquinho modernizado...".

Satisfeitos, os judeus da *Sociedade de Ajuda aos Necessitados* disseram:
— Nós, hoje, realizamos uma boa ação para os pobres. Os 10 mil-réis de Shmirie e outros tantos 10 mil-réis vão criar respeito pela nossa sociedade. Tudo para os pobres!

10

UMA MÁQUINA DIFERENTE

Já é meia-noite.

O relógio bateu as horas doze vezes com exatidão.

Na casa de Lipman, ainda luzia seu pequeno lampião elétrico. A desordem da casa, a coberta imunda, jogada como se fosse um monte de trapos sobre a cama, na qual estavam deitadas duas crianças com as boquinhas bem abertas, impregnava a casa de tristeza e melancolia. Lipman estava perto da cama, já vestido com seu uniforme de condutor da Companhia de Bondes, na qual trabalhava, e olhava rígido em direção ao canto da cama de onde podia ouvir a cada instante um gemido sofrido, que cortava o silêncio da noite.

Lipman, nesse mesmo instante, sentiu que esse gemido baixinho e cortante era como a seta lançada de um arco, que, afiada e venenosa, percorre o mundo penetrando milhões de corações de sofredores, oprimidos e almas escravizadas.

Algo o leva a estremecer... Seu sangue ferve... Tem a impressão de que é a primeira vez que ouve uma voz tão queixosa, que respira com força, protesta e geme de dor.

Muito tempo não tinha para pensar. Sua hora de partir para o trabalho se aproximava mais e mais. Ele tocou com a mão a ponta de um dedo de sua mulher, temendo interromper seu sono. Porém, ela não estava dormindo. As dores não a deixavam dormir. Ela abriu os olhos, que espelhavam imensa dor, e o observou silenciosamente.

Lipman não encontrou nada para lhe dizer. Tirou do bolso um papel todo amassado e, procurando endireitá-lo, balbuciou:

— Trarei, trarei o remédio.

Sentiu seus olhos umedecerem e rapidamente se curvou sobre as crianças para beijá-las e esconder da mulher seu nervosismo.

Dirigiu-lhe enfim algumas palavras de consolo e saiu da casa.

Do lado de fora da porta, ficou parado por um momento ainda, como se desejasse pensar em algo, algo que incubava em seu cérebro havia muito tempo, desde o momento em que sua esposa ficara enferma, sem que ele tivesse meios para poder salvá-la. Assim sendo, era obrigado a assistir ao seu sofrimento.

Enfiando as mãos no fundo dos bolsos, a cabeça caída sobre o peito, lentamente deixou para trás sua casa, caminhando mecanicamente pelas ruas.

Em sua cabeça, esboçavam-se milhares de aterrorizantes cenários – que era impelido a caminhar em um lugar ameaçador... que logo saberia o que era um cárcere gelado... que via as úmidas paredes cinzentas do buraco estreito e imundo em que sua mulher enferma não mais suporta o sofrimento... que...

Com esses pensamentos, voltou a si horrorizado e quase gritou: "Não! Assim não pode ser! Farei de tudo para salvá-la. E mesmo que me peguem, o que pode acontecer? Há três anos trabalho honestamente por um salário de fome... pois pela primeira vez vão me dar de presente... Seguramente! Não pode ser diferente! É para a salvação de uma vida humana. Não, de três vidas... Então, para que tanto pensar?".

E Lipman teve uma sensação de contentamento.

Suas mãos tremiam, o coração batia mais forte, os pés titubeavam como os de um bêbedo, os edifícios se balançavam, rápidos, até lhe causarem dor de cabeça, e sumiam diante de seus olhos. Toda a cidade, incluindo o bonde, rodopiava como num pesadelo.

Lipman fornecia as passagens, batia o carimbo e as punha no bolso sem contabilizar. "Mais um pouco, mais um pouco e logo chegarei onde preciso!" Já começava a sentir o frio gelado do calabouço. Isso o agitava como se estivesse febril.

Mas Lipman teve uma sensação de contentamento.

As lâmpadas elétricas haviam se apagado. E assim chegou para ele o fim de seu horário de trabalho. Toda a cidade ficou envolta em espessa neblina.

Ele terminou de se arrumar no escritório da companhia. Quando saiu para a rua, ficou imóvel por um momento, a fim de retomar o fôlego.

A casa de Lipman consistia em um quarto e, conjugado a ele, uma pequenina cozinha, próxima da porta que dava para o pátio. Já não era cedo, mas a triste manhã cinzenta mantinha o quarto em densa escuridão.

Da cama, podia-se ver um rosto muito magro, porém com traços bonitos. O nariz estreito terminava afilado e soberbo; os grandes olhos negros pareciam ainda maiores por causa da magreza dela. Em suas bochechas, notavam-se algumas manchas vermelhas, enquanto os lábios finos mostravam contornos acentuados. Ela estava deitada de lado, abraçando com uma das mãos os filhinhos, que não paravam de chorar. Eles queriam se levantar, mas, devido a sua fraqueza, ela não conseguia vesti-los e, com sua voz frágil, os consolava:

— Não chorem, filhinhos. Mais um pouco e o papai vai chegar, trazendo coisas boas, coisas muitas boas! Vocês vão ver! Portanto, não chorem, crianças, a cabeça me dói tanto! Ele os vestirá, e vocês irão para a rua brincar... Então, não chorem, filhinhos...

Nesse momento, Lipman entrou em casa, carregado de embrulhos. Entrou satisfeito e falante:

— Pronto, filhinhos, não chorem! Eu trouxe coisas gostosas para vocês! Tomem, tenho bombons para vocês! Venham, pois vou vesti-los. Não... antes, darei remédio para a mamãe –, disse. – Tenho aqui uma caixa de chá, açúcar, meio quilo de manteiga. Veja, Taibele, tenho pêras deliciosas para você! Ei, ei, até me esqueci de perguntar como você está se sentindo. Agora, ficará tudo bem! Onde há uma colher? Tome, tome uma colher do remédio agora e daqui a uma hora tomará a segunda. Isto é: a cada hora uma colher. Aqui tenho também um tipo de pílula que você deve tomar três vezes ao dia. Trouxe ainda para você um pouco de boa geléia e vou de imediato preparar-lhe um saboroso copo de chá. Você vai se deliciar!

Ele lhe deu uma colherada do remédio. Nos olhos dela, transparecia um ponto de interrogação. Ele logo percebeu e perguntou:

— Por que você se admira, Taibele? Por todas essas coisas boas? Não tenha medo, é tudo meu! Ganhei tudo honestamente! Daqui a pouco, vou lhe explicar e você logo entenderá que tenho razão.

E Lipman começou:

— Há no mundo uma certa máquina, entende? Mas espere! Antes, vou lhe servir um copo de chá com geléia, já está preparado. Isso deleitará um pouco sua alma. Você ficará boa, vai ver só! O doutor me disse que ocorre com você unicamente uma fraqueza do organismo, você precisa nutri-lo melhor. Então, eu cuidarei... cuidarei que você volte logo a ficar saudável.

Ela sorvia o chá e se podia notar que suas dores haviam diminuído.

Mas por que seu Lipman está tão estranho? Sua alegria parece mesclada com arrependimento. Seu êxtase, com temor. E seu excesso no falar não se coaduna com a sua natureza.

Ele retirou o copo e sentou-se perto da cama. A mulher não parava de observá-lo, assim como às boas coisas que havia trazido, esperando que ele lhe dissesse alguma coisa.

Ele pegou sua mão, colocou-a entre as dele, a acarinhou e disse:

— O que mesmo eu queria lhe dizer, minha querida? Ah, sim! Existe uma máquina, que se chama *capital*... e não se impressione com nada, mais tarde você entenderá tudo, assim como eu comecei a entender agora. Essa máquina está nas mãos de algumas pessoas, que a fazem funcionar no mundo inteiro para seu próprio interesse. Essa máquina, em sua corrida pelo mundo, atrai para suas engrenagens milhares... não, milhões de pessoas. Ela as expele com a mesma força com que as atraiu. Nela colocam toda a esperança de vencer na vida. Essa máquina avança sempre com tanto ímpeto que em sua marcha acaba quebrando e destruindo tudo o que encontra pelo caminho! Ela se movimenta sobre rios e pântanos; destrói árvores de raízes milenares; arrasa vidas de pessoas, famílias, povos inteiros, tudo! Tudo o que ela encontra em seu caminho. O quê? Ainda não entendeu? Espere... quando ficar boa, você entenderá... Apenas as pessoas saudáveis são capazes de entender tal coisa...

E Lipman continua procurando uma forma bem simples de fazê-la entender:

— A máquina, ou *capital*, subjuga as pessoas e mesmo governos inteiros do modo seguinte: fecha contratos, porém de tal forma que o contratado tem que romper seu contrato. Assim, ela o prende em sua rede e ele fica para sempre seu escravo. Continua não entendendo?

E ele explica de modo ainda mais simples:

— A Companhia de Bondes também pertence a essa máquina. Então, ela lida com você para assegurar seu poder sobre você. Ela paga um salário de fome, miserável, mesmo sabendo que você precisará roubar. Porque ela sabe que, somando o salário com o roubo, você continuará morrendo de fome. E, por isso, você estará sempre em suas mãos, e ela poderá fazer com você o que bem entender.

Lipman ficou em silêncio. Depois, se perguntou: "O que me obriga a falar?". Enfim, percebeu como os grandes olhos de sua mulher tinham ficado úmidos. Neles, reconheceu que ela o estava entendendo. Então, deu um leve suspiro, inclinou-se sobre ela e deu-lhe um beijo, repetindo:

— Restabeleça-se, querida, fique saudável e irá entender isso tudo... Então, entenderá o funcionamento dessa máquina, e não se admirará de nada!

11

FALSA ACUSAÇÃO

As tortuosas ruas morro acima serpenteavam para a direita e para a esquerda. Quanto mais alto subia, maior o cansaço que sentia nas pernas; com sua respiração pesada e forte, ele media a altura do *Morro da Saúde*. Quando as batidas de seu coração se aceleravam e lhe faltava o fôlego, ele sabia que se encontrava no *Largo da Saúde* e que só lhe faltavam 165 degraus até a sagrada igrejinha, que se encontrava no *Morro da Favela*, grudada ao *Morro da Saúde*.

Deu uma olhadela para cima e pensou: "O que é que vai acontecer quando eu conseguir chegar lá em cima? Sempre a mesma coisa!". Suas mãos como que se recusavam a bater nas portas e sua boca não conseguia emitir uma única palavra.

Uma sensação estranha despertou nele. Iria à casa de Dona Maria, que o espera de braços abertos... E como ele está saudoso de um carinho, de sentir a cálida respiração de uma mulher!

Mas esqueceu sua decisão no instante em que sentiu a primeira pontada no lado esquerdo do peito. Aproximou-se de um banco, sentou-se para recuperar o fôlego. A luz do sol começou a arder; não havia nenhuma sombra de árvore para ele se esconder. Então, baixou o chapéu do lado em que o sol mais ardia. Os olhos foram se entrefechando devido ao progressivo cansaço. Sentiu certa leveza no corpo à medida que mais e mais se afundava no banco.

Pensar, ele pensa desordenadamente. E o que há para pensar? O diálogo que ele teria com seu patrão, já sabia de cor:

— Ganhou alguma coisa?
— O que significa não ganhar?
— Acabou? É o suficiente?
— Já decaiu a *clientela* no Brasil!

— O mundo todo faz negócios, só você não consegue.

— Já esteve na casa dos fregueses?

— Eu também fui mascate e, por dia, sempre trazia para casa dez cartões. Quando a gente sabe bater nas portas, meu amigo, as pessoas respondem!

— Não me venha com histórias...

— Da rua nada vem gratuitamente, mas o que lhe importa? Seus 5 mil-réis para a despesa de rua, ele os retira; pela mercadoria, não precisa pagar nada; assim, vai passear o dia todo, olhando como os passarinhos voam... Diga-me, então, Zindl, será esse o objetivo? Será que é desse modo que você pensa *fazer a América*? Você é jovem, precisa refletir seriamente a esse respeito! Não estou pensando, de modo algum, que você me faça algum favor, nem quero dizer o que se pode esperar dos *vendedores* de hoje! Outrora, outrora se trabalhava e de fato se conseguia acumular alguma coisa. Porém, penso que um jovem como você tem que chegar a algum resultado... se trabalhar com afinco durante certo tempo... Depois, no momento adequado, abro eu mesmo um crédito para você. Nada nos impede, somos apenas seres humanos, judeus do mundo, que não devem se permitir fracassar...

Zindl mordeu o lábio e se recolheu ainda mais. Ele sabe que isso são apenas palavras e que daí nada resultará. Não pode e pronto!

Uma única coisa o molesta: por que pegou esses 5 mil-réis? Que mais poderia adquirir com eles além de um cafezinho e cigarros? E fumar, justamente, ele fuma muito, como se quisesse com a fumaça afastar os tristes pensamentos que o levam para o fundo do abismo...

Mas ele não se sente culpado, consola-se – o que o circunda é que o arrasta a isso! Será que conseguirá superar essa situação, da qual, sinceramente, gostaria de fugir? Não sabe! E viver é preciso, querendo ou não. E ele não tem capacidade para se sustentar sozinho. Assim pensando, chegara à conclusão de que a causa de não ser notado por seus amigos e conhecidos, que não dão nenhuma atenção ao que ele pensa, tem algo a ver com sua situação econômica. Por não poder se adaptar às condições econômicas. Freqüentemente, tinha a impressão de que faziam troça dele. Um dia, ficara irado e, levantando o punho, começou a gritar:

— O quê? Vocês estão zombando de mim? Não! Sobre minha pessoa ninguém faz piadas!

Mas, mesmo exaltado, permanecera sentado, vendo como um grupo de negros perto dele saiu correndo e soltando gargalhadas selvagens:

— Queríamos te pregar uma peça, tirando alguma mercadoria do teu pacote!

— Não tem importância, amigos –, respondeu-lhes Zindl com um sorriso pouco natural – Eu sei que vocês são gente boa. Será que alguém vai pagar um cafezinho?

Eles se entreolharam e de novo começaram a rir e caçoar:

— Um cafezinho? Você é quem paga! Você é rico, um negociante!

— É... negociante! Contem isso para outro... apenas um *vendedor*! Já faz três dias que não consigo ganhar um único vintém.

Condoídos, eles o miraram e nada responderam. Julgaram-no como um igual.

Zindl, com apatia, levantou-se do banco, deu uma olhadela para o *Morro da Favela*, onde se erguia a igreja, pequenina, mas majestosa, e com orgulho virou-se para o ponto onde se via, de um lado, a grande e linda cidade e, de outro, o imenso mar-oceano. Aí, pensou: "Subo ou não subo?". Com certo desgosto, deu uma cuspidela e começou a descer, passando pelas mesmas ruas ziguezagueantes, que serpenteiam da direita para a esquerda e novamente da esquerda para a direita. Sentiu às suas costas dois ardentes olhos negros, que brilhavam de um corpo de pele escura e o puxavam de volta, de volta...

Quando Zindl desceu do *Morro da Saúde*, entrou diretamente no remoinho da estrada de ferro da Central, que se encontra ali perto. Todos os que trabalham naquela região conhecem seu incalculável atravancamento, com dezenas de milhares de pessoas que se misturam umas com as outras, correm, se apressam – uma confusão. Um pisa no pé do outro ou dá um encontrão lateral e, desculpando-se, continua apressado; cada qual seguindo sua marcha.

Foi nessa confusão que Zindl perdeu o equilíbrio, parecendo uma bola que é jogada para lá e para cá. Nem reparava nas pessoas, agitadas e com tanta pressa. Graves pensamentos o torturavam: "Iria hoje mesmo ao patrão para lhe entregar o pacote ou voltaria para sua casa?".

Deu uma olhadela para trás e novamente viu a sagrada igrejinha no topo do *Morro da Favela*.

Atrás dele, seguiam apressados dois conhecidos, que desceram do mesmo *lugar* e conversavam sobre seus negócios. Viraram-se para ele, o olharam e sem lhe dirigir palavra seguiram caminho. Zindl observou em seus rostos um sorriso cínico e, sentindo-se muito ofendido, sem pensar no que estava fazendo, virou-se e começou a subir rapidamente, subir o *Morro da Favela*. E quanto mais alto subia, mais fundo no abismo caía sua alma.

Bem no alto do morro, próximo à igrejinha, encontravam-se enfileirados, um ao lado do outro, os barracos – velhos, com seus tetos de zinco enferrujado, que de longe pareciam pilhas de lixo espalhadas pelo monte. Aqui e acolá, viam-se os casebres enegrecidos pelo fogo e dos quais constantemente se desprende uma densa fumaça negra. Seu interior é sempre úmido e bolorento. E tem um odor mesclado de gordura barata e folha de flandres enferrujada, que fere o olfato.

Em um desses casebres morava Dona Maria, *mulata* de altura mediana; seus proeminentes seios arredondados, sempre balançando, costumavam atrair a atenção dos passantes; seus cabelos escuros e encaracolados estavam constantemente untados com gordura, a fim de que os fios do corte *demi garçonne* não tivessem vontade de se enrolar em cachinhos separados; seus grandes olhos negros, cercados por anéis amarelados quase imperceptíveis, piscavam e se moviam em todas as direções, e freqüentemente se podia neles ver um foguinho com brilho avermelhado. Na boca, ela segura um cachimbo do qual se desprende uma fumaça azulada com cheiro desagradável.

Dona Maria mora nessa casa há oito anos. Cinco deles, viveu com seu marido, que acabou morrendo em luta com um homem que quis conquistar sua Maria. Nos três últimos anos, ela está só com sua filhinha de 7 anos, que a ajuda em seu trabalho – estende ao sol a roupa lavada; traz para ela, sobre a cabeça, uma lata d'água; e entrega a roupa lavada aos fregueses, dos quais ganha, às vezes, 1 tostão pelo serviço.

Sobre a idéia de casar, Dona Maria não chegava a pensar, uma vez que seu desejo natural ela o satisfazia de maneira discreta, e ninguém nada sabia oficialmente. Nos últimos tempos, porém, a vizinhança havia passado a cochichar sobre um *estrangeiro*, Zigmundo, que freqüentava a casa dela.

Nesse anoitecer, Dona Maria começou a se inquietar sobre algo que nem ela sabia exatamente o que era... O *estrangeiro* Zigmundo se havia mostrado um bom *amiguinho* para ela, e, de fato uma boa pessoa, tão boa... "Ele virá, ele virá", dizia-se em seu íntimo.

Ela acendeu o fogo e colocou sobre ele um bule enfumaçado com água para fazer um café fresco. Sua filhinha já estava deitada no chão e dormia. Dona Maria sentou-se perto da porta, que deixou entreaberta. Seus grandes olhos negros com círculos amarelos ao redor vagavam na longínqua escuridão, à débil luz dos lampiões de gás.

"Ele virá!" Era isso que atravessava seu pensamento e imediatamente desaparecia com a fumaça de seu cachimbo, que não tirava da boca.

Naquele rosto *mulato*, aflorou um largo sorriso, fazendo ver o clarão de seus dentes brancos, que brilhavam na escuridão.

Sua esperança e espera não a tinham enganado. Numa ruazinha lateral, ela avistou Zindl, com o pacote debaixo do braço, aproximando-se, cada vez mais perto. Ela foi ao seu encontro de braços abertos, murmurando baixinho:

— Eu sabia que você viria, eu bem que sabia!

Quieto, sem palavras, Zindl se deixou cair sobre a cama de ferro, que ficava a pouca altura do chão e também servia de banco. A casa toda cheirava a mofo e a zinco enferrujado mesclados com fumaça. No meio da casa, estava o fogão a lenha com o bule d'água. O fogo não se podia ver, somente uma nuvem de fumaça, que se elevava até o teto. Isso afetou sua respiração, provocando uma tosse que apertou sua garganta. Lágrimas se mostraram em seus olhos. Não sabia o que estava se passando com ele.

— Você está muito cansado, Zigmund? – Dona Maria lhe perguntou, pondo a mão sobre seus ombros.

— Não, não estou cansado, só com uma leve dor de cabeça, nada mais!

— Será que você quer alguma coisa? Não? Bom, eu vou lhe dar uma *xicrinha* de café fresco e depois você vai se deitar, isso logo passará.

A noite ainda não tinha entrado em sua quietude rotineira; em algum lugar, ainda pairava, rouco e ritmado, o canto de algum trabalhador do porto, em cuja voz se ouvia uma história mágica sobre a secular faina marítima; também se podiam ouvir os murmúrios e resmungos dos embriagados, que soltavam palavras incompreensíveis e gritos de descontentamento.

Dona Maria fechou a porta e não discernia com clareza o que estava ouvindo... Junto à sua alegria, despontara certo medo. Eis que ouve alguém batendo na porta, baixinho, e a ela sussurra:

— Abra, abra Mariazinha, estou morrendo de saudades de você. Abra, querida minha. Os músculos fortes que consegui em vinte anos como trabalhador portuário vão apertar você com força, com tanta força...

E logo a seguir vieram uma segunda e uma terceira batida, e Dona Maria continuou calada. Ela apagou o fogo e esperou com medo... Até que, finalmente, se certificou de que a rua estava deserta e ninguém mais a perturbaria.

Chegou perto de Zindl, pôs a mão sobre sua cabeça e lhe perguntou se estava se sentindo um pouco melhor. Ele, Zindl, nada lhe respondeu. Estava deitado com os olhos semi-abertos, olhando para um ponto fixo do quarto. Seus pensamentos trabalhavam com a rapidez de relâmpagos em torno dos últimos acontecimentos, de sua vida pregressa no passado distante, ao redor da qual ele havia tecido belos sonhos – sonhos de felicidade e esperança, de amar e ser amado. E eis que ele se encontra perambulando de um lugar para outro durante tantos anos de estada no Brasil e nada conseguira. Nem para D'us e nem para as pessoas... Estudar, o sonho de outrora, já não cogitava. Para o comércio *de clientela*, não demonstrara talento. Daí o cinismo que encontrava a cada passo, o sorriso de deboche que pairava nos lábios dos conhecidos e as alfinetadas que lhe atiravam – tudo isso o oprimia a ponto de anulá-lo. Passou-se um ano, mais um, e a vida foi ficando cada vez pior, cada vez mais amarga. Sobre seu querido lar, não pensa mais. Para quê? Não tem o que escrever para lá. Suas lindas esperanças, juntamente com sua vida, havia muito estavam desfeitas.

"Ele se degenerou...", passou-lhe um pensamento, e Zindl se retraiu, esforçando-se para afugentar essa idéia. "Degeneração, que horror!"

Quando os primeiros sinais do dia se mostraram, quando as fábricas e os navios do porto deram seus primeiros apitos, Zindl acordou. Sentiu bem perto de si o calor do corpo sensual de Dona Maria e seus olhos, que triunfalmente faiscavam com ardor. Ele vagarosamente, quase fleumático – como alguém que já de tudo se desapontou –, se levantou da cama e se preparou para sair. Dona Maria não o impediu, só lhe perguntou como ele estava se sentindo e se queria de fato ser seu *amiguinho*.

Zindl jogou-lhe uma resposta dúbia e rapidamente desceu os 165 degraus até a *Saúde*.

O dia inteiro, Zindl perambulou pelo *Morro da Saúde*. Automaticamente, batia de porta em porta e, sem esperar resposta, ia caminhando adiante.

Dizia de si para si: "O meu eu já fiz, se não consegui nada, paciência".

Apalpou seu bolso e achou algumas moedinhas. Entrou no primeiro café que viu. Ali, encontrou conhecidos que trabalhavam no mesmo *lugar*. Quando Zindl entrou, deram-lhe uma recepção inesperada. De início, Zindl pensou que estavam sabendo de sua relação com Dona Maria e já quis dar início às ofensas. Porém, ficou completamente fora de si quando contaram a ele que, desde o amanhecer, toda a *praça* estava em confusão por causa dele, pois seu patrão, no meio do dia anterior, havia corrido ao distrito polícial para dar queixa de que o tinham roubado. E, ao que parece, ele tinha se precipitado um pouco...

Ouvindo isso, Zindl sentiu-se muito mal; quantos sofrimentos e dores ele vivenciara no Brasil durante esses anos e agora eles se juntavam para penetrar profundamente e se assentar em seu coração. Sentia-se sufocado pela vergonha. Porém, encheu-se de coragem e depressa rumou para a casa de seu patrão.

Já estava escuro quando Zindl lá chegou. O patrão estava à mesa, jantando com sua família. Quando viu Zindl entrar com o pacote de mercadoria, a comida lhe caiu da boca. Os dois se entreolharam fixamente durante algum tempo, sem emitir palavra. Finalmente, Zindl se pronunciou:

— Aqui tens o teu pacote, não mais carregarás esta preocupação... Já não terás que te preocupar comigo...

— Mas... –, disse o patrão, gaguejando um pouco – Não é assim que se age. Como é que alguém some por tanto tempo e não aparece para fazer uma prestação de contas? Eu sou um pobre judeu, que ninguém me inveje... Tenho mulher e filhos para zelar. O senhor quase me desgraçou... Acha isso pouca coisa?

— Nós somos tão íntimos –, intrometeu-se a mulher. – Por acaso lhe queremos fazer algum mal? Ou, quem sabe, planejar alguma falsa acusação?

— Eu entendo, já entendi –, disse Zindl.

E, jogando o pacote, gritou bem alto:

— *Covardes*!

Então, com uma gargalhada amarga, saiu daquela casa.

Até bem tarde, perambulou de rua em rua e de lugar em lugar. A noite estava fria, um gélido orvalho caía levemente sobre a terra, tornando brilhantes as calçadas de pedra. Zindl enfiou as mãos até o fundo dos bolsos das calças. Estava tremendo de frio. Não pensava em nada e nada rememorava. Estava inteiramente amargurado e sem capacidade de coordenar as idéias. Apenas uma coisa sabia – uma falsa acusação terrível lhe fora feita e doravante ninguém mais confiaria a ele um pacote de mercadorias. O que iria fazer de agora em diante? Ele não sabia! Sua cabeça doía muito e tudo o que desejava era se deitar para descansar um pouco. Para onde ir, então? E novamente veio ao seu pensamento Dona Maria, lá ele poderia descansar um pouco. Mas estava tão exausto que sentiu não ter forças para trilhar o caminho num morro tão alto. Ao chegar a um parque da cidade, ele se sentou sobre um banco e imediatamente adormeceu. Quanto tempo dormiu, não saberia dizer. Sentiu um empurrão. Quando abriu os olhos, viu a sua frente o guarda do parque, que se dirigiu a ele com palavras ásperas:

— É terminantemente proibido dormir aqui.

Zindl enterrou o chapéu na cabeça, quase cobrindo os olhos, enfiou as mãos nos bolsos e, com passos trêmulos, começou a caminhar e subir o *Morro da Saúde*. Quando se aproximou do *Morro da Favela*, já não tinha forças para levantar os pés. Com muita dificuldade, conseguiu chegar até Dona Maria. Já começavam a surgir os primeiros clarões da manhã. Dona Maria estava acordada. Quando o avistou, ela sorriu, feliz, não demonstrando surpresa por Zindl estar vindo tão cedo. Tinha vindo, e pronto!

Aquela casinha apertada, que cheirava a mofo e zinco enferrujado em mescla com gordura ordinária e um tipo de tabaco barato, mostrava-se para Zindl como um paraíso iluminado, onde ele podia dar à alma um repouso... e facilmente respirar.

12

ELES VIVEM EM PAZ

Com muito cuidado, Serke retirou da parede a *Ner-Tamid*, a "lâmpada eterna", que sempre está pendurada sob o sagrado quadro de *Nossa Senhora da Conceição*, limpou-a bem por todos os lados e a encheu com óleo novo. Depois, com um paninho branco, limpou o quadro da santa, endireitou-o e voltou a pendurar a lâmpada no mesmo lugar.

— Ô, *Velhinho*! Dê-me aí um fósforo! Você já viu tal coisa, ter problemas com a *Nossa Senhora*? Você nem reparou que a lâmpada estava apagada?

— Não reparei, *Chiquinha*, tome, pegue o fósforo!

— Dê uma olhada, *Velhinho*, veja como a sua santa está desbotada. Você já pode se dar o luxo de ter outro quadro... este está enfeiando a casa!

— Está bem. Então, vou passar pela casa do seu conterrâneo e pedir-lhe que traga um novo quadro.

— O que, *Velhinho*, você já vai?

— Vou, sim, está na hora!

— Por favor, dê uma passada pela casa do meu conterrâneo Shmulke – você sabe a quem eu estou me referindo, o guardião da sinagoga – e diga a ele que ainda hoje, antes do almoço, ele venha até minha casa. Hoje é aniversário de morte de minha mãe, que ela esteja num luminoso paraíso.

— Você está se referindo ao *Barbado*? Muito bem, muito bem, *Chiquinha*! Como se não bastasse o trabalho que eu já tenho, ainda preciso me preocupar com isso!

Serke se dirigiu a ele num tom zangado:

— Do seu Deus e da sua santa *Senhora da Conceição*, a quem você fez uma *promessa*, eu cuido, não é verdade, *Velhinho*?

— Verdade! Verdade!

— Então... E eu tenho o meu D'us, com o qual preciso me preocupar também, porque não vou viver eternamente...

— Você tem razão... Tem razão, *Chiquinha*. Eu vou mandar, claro que vou mandar!

E quando Serke começava a arrumar a casa, nunca conseguia terminar depressa – melhor dizendo, nunca terminava de fazê-lo, pois, na verdade, o que é que ela tem para fazer? Ela vive sozinha numa casa enorme, com muitos quartos; não tem filhos... e seu esposo é um intelectual brasileiro, que deixou seus filhos com a primeira mulher, com a qual não vive há mais de quinze anos... desde que se juntou com Serke.

O *velho*, já entrado nos 70, recebe seus filhos somente aos domingos ou em algum feriado importante. Quando chegam para visitar o pai, eles se abraçam e se perguntam como estão passando.

Serke os recebe com um café fresquinho e quitutes judaicos, e tanto o *velho* quanto seus filhos lambem os dedos e fazem elogios a sua culinária, o que a deixa totalmente embevecida.

E assim termina a visita.

E com o quê alguém faz o tempo passar? Com o trabalho de casa, justamente!

Enquanto Serke está se ocupando com a casa – arrumando, varrendo, mudando coisas de um lugar para outro, tirando a poeira de todos os objetos, um a um –, passam pela sua mente muitos acontecimentos de sua vida, que lhe parecem estar esquecidos, como um sonho longínquo.

Como lá, em seu lar, sua casa, ela havia ficado noiva de um açougueiro; como ele a levara para a Argentina, para uma casa de prostituição, e os sofrimentos que suportou até se recuperar... e como, com inúmeras tribulações, conseguira se livrar desse pseudomarido e fugir para o Brasil, para continuar o que antes exercia.

Aqui, ela se sentiu livre, dona de si, sem ter que dar satisfação a ninguém, sem ficar trancada em uma casa como em Buenos Aires. Aqui, para pessoas como ela, encontrara um campo de trabalho livre – uma rua com pessoas que iam e vinham; centenas de mulheres que ficavam sentadas ao lado de pequenas janelas, conversando umas com as outras, querendo saber o que o pai, a mãe, as irmãs e os irmãos escrevem.

E, quando queriam, podiam sair para passear e no caminho ganhar um freguês de boa índole.

Esse tempo, lembra, fora a melhor época de sua vida.

Porém, mais agradável ainda era para ela lembrar como havia se encontrado com seu *velho*, com o qual leva uma vida decente há tantos anos.

Quando ela conheceu seu *velho*, que é – como Serke costuma dizer – um homem culto, ele assim lhe falou:

— Eu sei, Serke, que você é *israelita*, mas isso não me incomoda. Eu não sou um *crente*.

"E assim nós fomos vivendo e nada...", pensou ela. Mas, de um dia para o outro, o *velho* adoeceu. Chamou Serke e lhe disse:

— Serke, estou velho e doente, ninguém sabe se algum dia poderei recuperar a saúde. Então, quero que você compre para mim uma *Nossa Senhora da Conceição*, a quem eu fiz uma promessa, e a pendure sobre a minha cama e a ilumine com uma *vela eterna*.

Então, Serke foi até a casa do judeu que vende ícones cristãos, comprou um quadro novinho da *Nossa Senhora da Conceição* e o pendurou.

E o *velho* ficou bem de saúde.

E assim, desde então, a *Nossa Senhora da Conceição* ficou muito querida, e a ela o *velho* não deixava de prestar seu louvor diariamente, acompanhado de um sinal-da-cruz como complemento.

A partir daí, Serke começou também a ter saudades de seu D'us judaico. Ainda que, a bem da verdade, ela nunca omitira Seu Nome de sua boca, mas sem fé, devido ao costume. Agora, porém, sentia saudades de um D'us com quem pudesse desabafar, chorar; um D'us que perdoa o pecado, que se mostra na necessidade, que desperta no ser humano a esperança e uma fé verdadeira.

Desse D'us, Serke se aproximou desde quando seu *velho* se aproximou do dele.

Do mesmo modo que o *velho* está entusiasmado com o Deus dele, que da morte o reviveu, assim também Serke está entusiasmada com o seu D'us judaico, que lhe dá saúde e lhe permite ter uma vida tão aprazível com seu *velho*... E começou a servi-Lo como uma verdadeira e fiel filha de Israel.

E quando chega a sexta-feira, véspera de *shabat*, ela fica tão feliz, lustra com esmero os castiçais para esse dia, no qual se dedica a abençoar as velas, e também limpa o *Ner-Tamid* que está pendurado sob o sagrado quadro de *Nossa Senhora da Conceição*. E cuida para que nunca falte o óleo para iluminá-la.

E os castiçais de *shabat* e a lâmpada eterna debaixo da Nossa Senhora não têm entre si nenhum problema.

Eles vivem em paz...

E é de fato como Serke costuma dizer para seu *velho*:

— Você tem o seu Deus e eu tenho o meu!

13

MORAL

Encontrei-o em Juiz de Fora, na estação Leopoldina.

Isso aconteceu numa manhã de inverno tipicamente brasileira.

A cidade se encontrava envolta em pesada neblina e um frio cortante penetrava até os ossos. Meu acompanhante, um jovem pálido e semi-intelectualizado, fazia força para me convencer de que o fato de me acompanhar até o trem, em manhã tão fria, se devia a sua amizade sincera, uma vez que ficar deitado até tarde embaixo dos cobertores é muito mais agradável.

Mas, de sua cabeça enterrada na gola do sobretudo e de suas frases entrecortadas, compreendi que ele não revelava nenhuma disposição especial para tanto...

Ainda era cedo e nos dirigimos até o restaurante para tomar um café. Mal tive tempo de levantar a xícara até a boca quando meu acompanhante me deu um puxão, que fez derramar meu café.

— O senhor está vendo? –, disse-me quase em tom de segredo – Está vendo aquele tipo? Nunca o senhor pensaria que é um dos nossos, um filho de Israel. Igual figura certamente jamais se viu aqui no Brasil. Contudo, isso é um judeu!

Fixei bem meus olhos no indivíduo. Ele usava um terno de três cores, surrado e rasgado em alguns lugares. As calças eram de um amarelo típico de tecido local; o paletó, marrom-acinzentado; e seu colete, de casimira, cuja cor original era impossível saber. Calçava um par de sapatos amarelos retorcidos e em um deles se via claramente um grande buraco aberto – talvez uma simpatia contra calos.

— É, é um tipo original –, respondi ao meu acompanhante.

O sino bateu três vezes. Entrei no vagão juntamente com a figura estranha.

Além da minha curiosidade, o destino encarregou-se de nos fazer sentar um em frente ao outro.

Tive tempo de observá-lo.

Seus olhos eram aquosos e úmidos e neles podiam-se ver pequenas manchas, como se fossem gotículas de óleo; seu rosto, queimado de sol e marcado por rugas profundas, assemelhava-se a uma caricatura; seu grosso lábio inferior pendia de modo estranho. De tempos em tempos, seus lábios se retorciam como os de um ébrio.

O trem já andara uma boa distância e agora serpenteava ao redor de um morro. Meu companheiro de viagem, sem qualquer motivo, soltou repentinamente:

— Um judeu? Claro! Eu o vi conversando com aquele amarelo, eu o conheço, seguramente deve ter falado sobre minha pessoa.

— Longe disso! Ele disse apenas que viajaria comigo mais um judeu.

— Mas, assim como o indivíduo se comporta, do mesmo modo o coletivo também o faz –, começou ele a filosofar. – Toda a coletividade judaica e cada indivíduo se habituaram à idéia de contradizer! O que um diz, o outro contesta.

— Não entendo exatamente o que você quer dizer, mas, se estiver se referindo à moral entre nós, sim...

Os olhos do meu viajante incendiaram-se de modo terrível e ele me interrompeu as palavras quase gritando:

— Moral! O que é moral para nós, judeus? Quem é, entre nós, o juiz da moralidade? Arre! –, fez, acompanhando a expressão com um forte gesto de mão.

Entendi que ele já havia se desiludido da sociedade e por isso mesmo se mostrava tão amargo.

Meu companheiro, que já começara a me intrigar, movimentava os lábios como se estivesse com sede.

— Moral, moral... Poderia me dizer, meu amigo, o que significa isso na verdade? Não será apenas uma cortina para encobrir a hipocrisia?

Repentinamente, aproximou-se, sentou-se ao meu lado e, já em tom diferente, quase épico, começou a falar:

— Ouça o que vou lhe contar. É uma pequena experiência pessoal; o senhor tirará, por si só, as devidas conclusões.

***

Em 1922, recebi de meu irmão, que aqui se encontrava desde 1912, uma passagem para que viesse ao Brasil. Não pensei duas vezes e logo me pus a caminho. Quando desembarquei no porto do Rio de Janeiro, meu irmão já me esperava. Fomos diretamente a Juiz de Fora. Não era a cidade de onde costumeiramente recebia suas cartas.

Meu irmão apresentou-me um ambicioso projeto de trabalho, que mal consegui entender. Porém, percebi que deveria, o mais rapidamente possível, amadurecer no novo país. E logo que isso ocorreu, meu irmão começou a insistir que gostaria de viajar ao Rio. Transferiu-me sua clientela e partiu apressadamente para lá.

Certa vez, andando com meu pacote de mercadorias na rua, bati em uma porta. Saiu uma mulher, que aparentava 23, 24 anos, muito bonita. Assim que me viu, ficou trêmula, me agarrou pelo braço e me introduziu em seu quarto, derramando ao mesmo tempo copiosas lágrimas de seus olhos.

— Onde estiveste todo esse tempo, meu querido? Tantos, infinitos anos esperei por ti e sonhei contigo!

Ela ria e chorava ao mesmo tempo. E em ambos, no riso e no choro, irradiava a alegria de uma verdadeira felicidade.

De início, pensei que me encontrava perante uma louca, mas de imediato me apercebi do meu erro. De suas meias-frases, que, devido à intensa alegria, não me pareciam inteiramente claras, entendi que ela havia me tomado por meu irmão, com quem sou muito parecido. Mais ainda, os três anos de afastamento deviam tê-la enganado. Também entendi naquele momento que o levar-me a Juiz de Fora, e não ao lugar onde ele trabalhara anteriormente, assim como sua pressa de partir para o Rio tinham uma relação com essa mulher.

Subitamente, ela me abraçou, beijando-me e envolvendo-me com carinhos. Disse-me em tom ingênuo e maternal:

— Vá, você é mau, nada diz e nem pergunta... Ah, como ele é lindo... eu o deixei com minha mãe. Eu lhe disse que traria seu papaizinho...

Em suas palavras, não notei nenhuma mágoa, apenas amor e satisfação. Então, o que poderia eu lhe responder? Destruir sua felicidade?

Em primeiro lugar, não tive coragem; depois, senti que, naquele momento, teria cometido um grande crime. Além do mais, ela provocou dentro de mim um verdadeiro tumulto. Era dotada de uma natureza brasileira. No rir e no chorar, acendeu-me o desejo. Senti que em mim se processava uma mudança, que algo despertava em minha alma. Em cada nervo, em cada membro, manifestava-se uma pequena chama, que antes se encontrava sufocada, apagada, e bastava apenas tocá-la para que a chama se reavivasse. E ela, a chama, se agitava... despertava e exigia. Precisei apenas estender os braços para que ela se entregasse inteiramente a mim.

No momento em que os nossos desejos se encontraram, caiu do bolso de sua roupa uma fotografia. De início, pensei que fosse algo diferente, mas logo, ao levantar a fotografia, ela olhou para mim como se fosse culpada e acrescentou:

— Ah! como você está mudado...

Olhei a fotografia – era meu irmão. Comecei a compreender o que era, por um lado, um elevado e sagrado amor, em oposição a outro sentimento – de leviandade.

Começamos a viver juntos, aberta e francamente para nós mesmos, assim como para a sociedade.

— Como poderia me conduzir de outro modo? Poderia eu manchar um amor que emanava do divino?

***

Meu companheiro de viagem silenciou. Mas era fácil perceber que algo se passava em seu interior. Ele levara as mãos ao rosto e com um pesado suspiro continuou.

***

Da sociedade judaica, fiquei logo isolado, ainda que ela me acompanhe cada passo. Tanto faz, sempre lhe atirei na cara o que pensava e acabei me afastando de todos. Não importa, porém. O que me causou maior dor foi a última carta que meu irmão me escreveu, dizendo que eu o envergonho. Ele é um homem de sociedade, membro de comissões de várias instituições, e não pode suportar a vergonha que lhe causo e ao seu bom nome.

Elaborei, de início, planos para desmascarar a detestável hipocrisia. Queria revelar abertamente a história da moral de meu irmão, assim como também a moral de outras dezenas de judeus que tiveram ligações ocultas com mulheres brasileiras e os acusar publicamente de hipócritas. Mas nada disso fiz... e é de duvidar que minha atitude teria dado algum resultado, pois os hipócritas sabem dissimular sua hipocrisia sob o mesmo manto da moral. Assim, resolvi calar e, de fato, silenciei.

***

— O que aquele amarelo lhe disse na estação? Ele o advertiu contra a minha moral? –, falou com um riso barulhento. – Mas diga-me, eu lhe peço, o que é exatamente essa moral? Você sabe, por acaso, onde começa a moral e onde ela termina?

Post-Scriptum

Pretendendo publicar o livro *Novos lares*, eu tinha em mente dividir meu trabalho em dois volumes de duzentas páginas – devido aos materiais que tenho já impressos em diversas publicações e também ainda por imprimir. Deveria dividi-los do seguinte modo:

1) narrativas individuais segundo o modelo presente e
2) narrativas coletivas e de ambientação local.

Lamentavelmente, já na primeira parte, não consegui levar adiante meu plano, devendo considerar as inadequadas condições de trabalho com que me deparei e tive que enfrentar. E isso, naturalmente, contribuiu para graves falhas técnicas, bem como estilísticas.

Mas que esse sacrifício que fiz, ao publicar este livro, sirva como um bom início para os nossos poucos escritores, cujo interesse por publicações desta natureza não seja menor que o meu.

A mim, resta um consolo: eu encetei o difícil e responsável começo, do mesmo modo como o fiz na área da imprensa.

E, com isso, tenho novamente a oportunidade de manifestar minha dedicação à atividade cultural na comunidade judaico-brasileira.

O AUTOR

Apêndice

DUAS CARTAS

Rio de Janeiro, 5-10-1923

Sr. Schulman
Araucária

Prezado amigo,

Como é de seu conhecimento, virá proximamente à luz um jornal semanal judaico no Rio de Janeiro. Com esse fim, temos a necessidade de definir em todas as partes do Brasil onde encontram correspondentes para fazer conhecer, através do jornal, como vivem os judeus e se desenvolve sua vida social e econômica nas várias províncias.

Nessa mesma oportunidade, tivemos uma conversa com o sr. Salomão Guelman, de Curitiba, que também é um diretor interessado no assunto, e ele nos recomendou sua valiosa personalidade como a pessoa adequada para ser correspondente do jornal acima mencionado.

Portanto, aproveitamos a recomendação e solicitamos aceitar nosso convite como correspondente do lugar em que vive, o que enriquecerá em muito o noticiário relativo ao mesmo, nos dando imensa honra.

Esperando sua resposta favorável, agradeço-lhe antecipadamente,
Pela Comissão Redatora,

A. KISCHINHEVSKY

Nota: Pensamos que o jornal começará a sair o mais tardar em 10 de novembro. Se for possível, envie-nos algo no devido tempo. É muito importante.

Endereço provisório
Adolpho Kischinhevsky
Sant'Anna, 64 - Rio

Rio de Janeiro, 11-2-927

Sr. Schulman
Curitiba – Paraná

Prezado amigo,

Já tive a oportunidade de convidá-lo como colaborador do *Dos Idische Vochenblat* e, lamentavelmente, os melhores elementos terminaram num escandaloso fracasso. E o *Dos Idische Vochenblat* ficou na mão... Não preciso lhe dizer, pois o sabe muito bem. Porém, desde aquele tempo, não perdemos a esperança de ter um melhor jornal judaico. Finalmente, nós o conseguimos. Nosso Conselho é composto das melhores e mais inteligentes personalidades do Rio de Janeiro.

Em nossa nova publicação, *Di Neie Velt*, participam diretamente todas as instituições sociais e culturais e esperamos realmente representar os interesses da comunidade judaico-brasileira.

Temos a convicção de que o convite que lhe fazemos para ser colaborador do *Di Neie Velt* terá o devido eco e nos será de grande ajuda para aconselhamento e na ação prática. Envie-nos algo para o primeiro ou para o segundo número, o qual terá lugar de destaque no *Di Neie Velt*.

Na esperança de que o senhor aderirá à nossa nova publicação, *Di Neie Velt*, agradecemos antecipadamente.

Em nome do Conselho,

A. KISCHINHEVSKY

N.B Enviamos ao endereço do Sr. S. Yurkevitch um pacote de prospectos e pedimos, por favor, difundi-los.

Direção editorial
MIRIAN PAGLIA COSTA

Coordenação de produção
HELENA MARIA ALVES

Texto final e preparação
NACHMAN FALBEL e MIRIAN PAGLIA COSTA

Revisão de provas
RITA DE SOUSA

Projeto gráfico e Capa
ZURETA CULTURAL / MARIA CRISTALDI

Desenho de capa
PHOEBE WAHL (EUA)

CTP e Impressão
ASSAHI

Impresso no Brasil
Printed in Brazil

formato	*16 x 23 cm*
mancha	*12 x 18.5 cm*
tipologia	*Usherwood Book (11/14 texto)*
	Caslon (18/18 título)
papel	*Cartão Supremo 250 gr/m2 (capa)*
	Alta Alvura 90 gr/m2 (miolo)
páginas	*104*